돌아오는
　　새벽은

　　　아무런
　　　　답이 아니다

진서하

들어가며

다른 사람에 대해 알아가는 일. 그 면면에 대해 자주 생각한다. 정말이지 지독히 어려운 일이다. 아무리 생각해도 그렇다. 문장을 쓰면서는 '이 당연한 말에 나까지 굳이 무게를 더할 필요가 있나'하는 생각이 들지만, 누군가를 만나 이야기 나누는 동안에는 '역시 아무리 보태어 말해도 모자라지 않다'고 아마 되뇔 것이다. 아주 오랫동안 겪어온, 앞으로도 끊이지 않을 번복.

　　어려우니 외면하자 마음먹기엔 고독은 너무 쓰고 좌절은 늘 짐작보다 가깝다. 예상보다 빨리 찾아온 좌절은 고립으로 이어지고 어떤 고립은 무기력을 만나 깊어지기만 한다. 그렇게 주저앉아 있을 때 어디선가 나타나 나와 눈을 맞춰주는 사람들이 있었다. 내가 스스로 만든 고립의 늪에 빠져 허우적댈 때, 선뜻 손부터 내밀어 주던 따뜻한 사람들. 잡은 손으로 덩달아 절망에 빠지지는 않을까 조금도 고민하지 않던 용감한 사람들. 어떻게 그런 행운을 만날 수 있었을까. 내가 찾아간 것인지 세상이 내게 준 선물인지 나의 외로움이 동네방네 소문이 다 난 것인지 사실 잘 모르겠다. 그저 운이 좋았다고밖에 말할 수 없다. 어쨌든 나는, 가끔 이해할 수 없을 만큼 나보다 나를 더 믿어주는 사람들 덕분에 오늘의 내가 되었다. 나도 몰랐던 나를 말해주고 안아주면서, 함께 웃어도 울어도 괜찮다고 다독여주던 사람들. 그들의 손을 잡고 다다른 곳엔 기꺼이 타인을 사랑하는 마음이 있었다. 그 지독하게 어렵고도 힘든 일을 '그냥' 해내는 따뜻함 속에 던져지고 나서 내가 할 수 있는 일은 그저 사랑뿐이었다. 그 모든 게 매일 나를 더 나은 사람으로 만들고 있다. 이 책엔 그 과정들이 담겨 있다. 가난한 마음을 가진 스스로를 직면하는 순간의 기록, 얼렁뚱땅 시간만 좀먹었던 성긴 과거에 대한 회고, 뒤늦게 시작해버린 더딘 성장의 이유, 그리고 어제보다는 확실히 나은 오늘까지.

　　2년이 지나 개정 작업을 하면서 수없이 부끄러웠다. 부끄러워서 다행이라고 생각했다. 한 걸음 나아가야만 뒤돌아볼 수 있다. 뒤돌아봐서야 부끄러울 수 있다. 부끄러움은 어쩌면, 과거에서 걸어 나와 성장한 사람만의 특권이다. 그러니 나는 이 부끄러움을 기꺼이 안고 다시 앞으로 가려 한다. 오늘의 확신도 언젠가는 부끄러워질 수 있기를 바라는 지금이 꽤 마음에 든다.

지금 내가 가진 것 중 가장 소중한 것은 다양한 결핍과 그 결핍에 대한 자각. 울퉁불퉁 제멋대로 모나게 비어있는 결핍의 흔적을 돌려가며 이리저리 빛에 비추어 찬찬히 살펴본다. 만나는 모서리마다 빛은 다른 방향으로, 색은 제각기 다르게 번졌지만 아름다운 건 매한가지였다. 들여다보는 사람만이 찾을 수 있는 아름다움. 그 시간을 통해 나는 더 많은 사랑의 방법을 찾았다. 비슷한 결핍을 가진 이를 알아채고 먼저 손 내밀 수 있는 용기가 그때서야 생겼다. 어떤 사랑은 충분히 흉내 낼 수 있고, 흉내를 내다보면 어느새 마음에 스며든다. 그러다 보면 어느 날, 받아본 적 없는 사랑도 타고난 것처럼 기꺼이 베풀고 있는 나를 발견할 수 있다. 결핍은 사색의 시간을 통해 사랑이 되었다. 그렇게 새벽을 평계로 이어진 사색과 회상을 모아 당신에게 전한다.

　　처음으로 이 새벽을 이야기할 수 있도록 내게 용기를 준 아진과 현주, 그리고 다시 이야기해보자고 손 내밀어 준 희석에게 감사를. 서로의 예민과 냉정을 보태어 우리의 섬세와 온기로 모든 순간을 살 수 있게 해준 나의 다정에게 오늘치 사랑을.

진서하

추천의 말

최현주(책방 '책봄' 대표)

진서하가 글을 쓰기 전부터, 아니 글은 계속 써 왔겠지만, 자신의 글을 세상에 내보이기 전부터 나는 그가 쓴 모든 글의 오랜 팬이다.

어떤 글은 쉬이 읽히지 않고 자꾸 곱씹어 보게 되는데 나에겐 진서하의 글이 그랬다. 어려워서가 아니라 단어 하나하나 입속에서 굴리며 오래 음미하고 싶어서. 좋아하는 반찬을 아껴놨다 가장 마지막에 먹듯이 두고두고 아껴 읽고 싶어서.

진서하에게 어느 날 내가 불쑥 글을 써보라고 했던 건 갑자기 일어난 사건 같은 게 아니라 이미 정해진 운명 같은 것이었다. 운명에 불을 지펴 줄 누군가가 필요했을 뿐.

진서하는 예민하고 생각이 많은 사람이다. 덕분에 그의 글은 무해하다. 사랑을 담은 예민함으로 오래 고쳐 쓴 글은 누구도 상처 주지 않는다. 그런 사람이 곁에 있는 건 어쩌면 행운이다. 작은 일에도 반응하는 날카로운 감각 덕분에 우리는 조금 더 나은 삶을 살 수 있다. 세상이 바뀌는 건 반응하는 사람이 있어서다. 모른 척 하지 않는 용기, 숨지 않고 작지만 목소리를 보태는 용기. 도통 가만히 있지 않는 그들 덕분에 세상은 좀 더 나은 방향으로 흘러간다.

계절의 흐름에 따라 글을 읽다 보면 숨어있던 감각들이 되살아난다. 평소에는 먹지 않는 디카페인 리스트레토샷 숏사이즈 아메리카노를 마시고 싶다. 진서하의 요리를 얻어먹고 기꺼이 설거지를 해주고 싶다. 좋은 것을 함께 나누고 각자의 여름을 살고 싶다.

결국엔 사랑이다. 진서하의 글을 읽으면 사랑이 읽힌다. 자신을 미워하는 일도, 자신을 용서하는 일도 모두 사랑에서 나온다. 자기 자신을 있는 그대로 사랑하는 사람이 얼마나 될까? 사랑에도 연습이 필요하다. 자신을 온전히 받아들이는 연습은 타인에 대한 이해로 연결된다. 다름을 인정하고 그 자체를 존중하게 된다. 이 글은 개인의 기록이자 사랑에 대한 기록이다. 글을 읽고 나면 우리는 조금 더 사랑하게 될지도 모른다.

추천의 말

이민희(진서하의 십년지기 소나무 1)

가을, 겨울, 봄, 그리고 여름. 시절마다 만나는 진서하의 인연과 사연, 오랜 고민이 여기 담겼다. 사랑하고자 마음먹었던 계절에서 출발해 사랑해 마지않는 계절로 나아가는 인생의 길목마다 겪은 삶의 질감이 느껴진다.

그는 다른 사람을 알아가는 일이 어렵다고 말하지만, 나는 도리어 질문을 되돌려 주고 싶다. 어려운 것이 너무도 자명하기 때문이다. 책장을 넘기면 혹시 나도 겪을 성싶거나 어쩌면 이미 그렇다고 느꼈던 순간을 떠올리게 된다. '당신도요?'라고 생각하는 찰나를 붙잡은 작가의 회고를 가만히 따라가다가 내 마음은 그가 되었다가, 또 그의 주변 인물로 번지며 감상에 젖는다.

'식구'로서 평온을 찾기 위해 '가족'과 한바탕 쟁투를 벌이고 맞는 온전한 연휴, 미세한 버그가 수정되어 어제보다 조금 더 나은 내가 되어간다는 깨달음, 넉넉한 간에 읽은 이의 짠기가 더해진 엄마와의 파스타 등은 글 갈피마다 여운을 남긴다. 위로가 받고 싶거나 가만히 위로를 전해주고 싶은 그 어디쯤에서 서성이다가, 그때 그 순간 작가를 만났으면 어땠을까 책장을 넘기며 생각해본다. 나는 그 시절의 당신이 원하는 위로를 건넬 수 있었을까.

　　작가를 따라 새벽이면 깨닫는 오답을 고쳐 다시 나아갈 마음을 먹은 나는, 다음 사람에게 조용히 이 책을 내밀 것이다.

추천의 말

박소정(초판본을 먼저 만났던 독자)

독립출판물로 먼저 나왔던 이 책을 처음 만난 건 작년 여름이었다. 책을 읽는 내내 '나'에 대해 생각했다. 진서하가 지나온 사계절을 같이 짚어가며 나의 시간을 떠올렸다. 더 나은 미래의 나를 만들기 위해서는 매일 많은 것을 해야 한다는 이 세상 속에서, 지금의 나라도 괜찮다는 생각이 들었다.

이 책은 내가 만난 첫 독립출판물이었고, 이 책으로 '책봄'이라는 단골 동네서점이 생겼다. 그때의 나와 지금의 나는 다르다. 작가의 말처럼 나 또한 그 당시의 내가 부끄럽다. 어느 밤에는 내 인생에서 그 부분만 도려내어 버리고 싶은 기분에 우울함이 하늘을 찌른다. 하지만, 작가는 이 책에서 내게 '부끄러움은 어쩌면, 과거에서 걸어 나와 성장한 사람만의 특권'이라고 말한다.

나락에 빠져 끊임없이 허우적거릴 때는 백 마디 말보다 나에게 눈을 맞춰주는 사람이 이 세상에 존재한다는 것만으로도 힘이 된다. 진서하의 글이 그렇다. 쉽게 유행하는 책들에 흔하게 나오는 '괜찮아', '잘하고 있어', '이렇게 살아야 해'라고 말하지 않는다. '나와 눈을 맞춰주는' 그 느낌 하나만으로 나의 세계를 열어주고 내 주변을 돌아볼 수 있게 한다.

　이 책은 당신이 여러 번 읽게 될 책이다. 읽을 때마다 당신도 나와 작가처럼 과거의 자신을 떠올리고 성장한 모습을 보며 다행이라고 가슴을 쓸어내리게 될 것이다.

어쨌거나 행복이었다.
날씨 따위 사실 아무래도 좋았다.
비바람이 몰아친대도 오늘은
행복할 날이었다.

가을

디카페인 리스트레토샷
숏사이즈 아메리카노

---

1. 오전 열 시

점심 약속까지는 아직 두 시간이 남았다. 가방 속엔 두 꺼운 책이 여러 권, 한 손엔 무거운 노트북. 덕분에 오 늘도 척추가 고생이 많다. 무슨 부귀영화를 누리겠다고 매일 이렇게 짐을 채워 다니냐는 말에 비어있을 가방이 면 뭐 하러 들고 다니겠어! 하고 호기롭게 소리치고 나 왔건만… 골목을 빠져나오자마자 콧속 깊이 가을 공기 와 함께 후회가 밀려든다. 아, 이런 날씨에 일은 무슨.

　　가 본 적은 없지만 아마 캘리포니아의 날씨가 이런 걸 말하는 게 아닐까. 그렇다면 유캔두에브리띵이 라는 말도 조금 믿을 수 있을 것 같은데. 온 얼굴로 달 려드는 자외선을 만끽하며 눈을 반쯤 감은 채 비탈길을 따라 타박타박 걸었다. 한 걸음 내디딜 때마다 무거운 가방이 어깨를 파고들었다. 그것마저 용서되는 날씨였 다. 투명한 공기 사이로 햇살이 제 결을 뽐내며 사방으로 뻗어가고 있었다. 그래, 이런 날씨가 일 년 내내 계속되는 곳에 산다면 누구에게든 상대가 원하는 만큼 관대해질 수 있을지도 몰라. 주근깨를 내어주는 대신 이 화창함을 취할 수만 있다면. 출처 모를 새소리를 들으며 가볍게 걸었다.

잠깐 카페에 앉아 읽어야 할 것들을 마저 읽은 뒤 나서야지. 마침 버스 정류장도 바로 근처에 있네. 버스 시간에 잘 맞춰 나오면 무리 없이 약속 장소에 도착할 수 있겠지. 오늘은 왠지 일도 술술 잘 풀릴 거 같고. 어쩌면 글도 더 잘 써질지도 몰라. 뭐, 아니면 말고. 날이 이렇게 좋은데 오늘은 좀 멍때리며 보내도 괜찮지 않을까. 들뜬 기분으로 카페 문을 열어젖혀 들어가자,

– 안녕하세요 고객니임 스타벅스입니다아.

익숙한 목소리에 카운터를 돌아보니 L이 활짝 웃으며 서 있다.

2. 그러니까 그때는

갑갑한 공기, 어두운 조명, 다른 이들에게서 뿜어져 나오는 일관된 체취로 꽉 찬 동전 노래방. 같은 학교 남자애들이 지겹도록 버즈와 SG WannaBe 노래를 부르는 동안 우리는 방한도 통풍도 안 되는 교복을 걸쳐 입은 채 혜령이나 린의 구슬픈 노래를 부르면서 겪어보지도 않은 사랑을 상상하고 없는 아픔을 쥐어짜며 슬퍼(하는 척)했다.

　　그런 울음 섞인 노래들은 종종 구애하는 짐승들의 소리처럼 들려서 가만히 듣고 있자면 꽤 거북했지만, 안타깝게도 그 시절 인기 가요는 다 그런 식이었다. 일단 연인이 죽고 시작한다든가, 또는 이룰 수 없는 사랑에 지나치게 마음 아파하며 자기 연민을 뿜낸다든가, 떠나간 이를 처절하게 저주한다든가, 네가 없으면 나는 죽어버릴 거라고 협박을 한다든가… 지금 생각하면 10대들이 접하기엔 다소 무리가 있는 가사지만 '밀레니엄 시대'를 이유로 많은 혼란이 용인되던 시기였다. 과장된 절규가 혼란의 한 축이었는지도 모른다. 그 혼란을 그나마 견딜 수 있었던 건 L을 포함한 내 친구들이 노래를 썩 잘했기 때문이었다. 노래하는 L의 목소리는 참 예뻤다. 음성의 아름다움보다 내가 더 좋아했던 건, 그가 노래하는 행위 자체를 좋아한다는 점이었다.

나는 노래보다는 펌프 파였다. 오백 원 하나를
동전 투입구에 넣고 그 위로 세 개쯤 더 쌓아놨다. '나
네 판 연속으로 할 거야'라는 선언이었다. 반짝이는 다
섯 개의 버튼 위에 올라가 데크 뒤에 위치한 바에 오른
손을 척 얹고서 8배속 플레이 모드를 설정하곤 했다.
밥 먹고 학교 가고 학원가고. 그 셋이 전부였던 일상에
서 유일하게 누렸던 취미. 유일했다 보니 거의 목숨을
걸다시피 게임을 했고 그러니 동네에서 제법 유명했다.
혹시나 틀려서 쪽팔리면 어쩌지 걱정하면서도 베토벤
바이러스에 맞춰 열심히 다리를 찢으며 폴짝대고 젝스
키스의 컴백을 들으며 한 바퀴를 뱅글뱅글 도는 쪽이었
다. 남들 앞에서 난리부르스를 추는 동안 뒤에서 추임
새를 넣으며 함께 서 있어주던 L은 내게 둘도 없는 고수
(鼓手)였다. "워후! 잘한다. 잘 돌아간다! 야 저거 어떻게
하냐 나는 못 해." 그런 소리를 들으면 한껏 쑥스러우면
서도 신이 나서 열심히 발판을 밟아댔다. 정작 L 본인
은 그 게임에 별 흥미가 없었으면서도 늘 나와 함께 있
어줬다. 그건 나를 위해서였다기보다 아마 무리를 위한
희생이 아니었나 지금에서야 생각해본다.

다행히 나는 체력이 약한 편이었고 흥은 오래가
지 않았다. 한두 번 게임 끝에 지치고 나면 다시 슬그머
니 노래방으로 끼어 들어가 친구들의 노래를 듣곤 했

다. 남자애들이 부르는 노래는 멋없는 멋만 가득했고 여자애들은 분명 애절한 연애나 사랑 경험이 없는데도 마이크만 잡으면 비련의 주인공이 되는 것이 이상하다고 생각했지만, L이 부르는 슬픈 발라드만큼은 좋았다. 멋 부리지 않고 정말 제가 좋아서 부르는 노래였기 때문일까.

　　무리는 넷이었다. 나를 포함한 셋은 같은 반이었고 L은 그중 한 명의 어릴 적 친구였다. 어쩌다 보니 넷이서 매일 점심을 같이 먹게 되었다. 그 시절 흔히 그랬듯 점심을 같이 먹으면 한 무리로 인식되곤 했다. 사실 우리 둘은 무리 중 가장 어색한 사이였고, L도 나도 다른 둘도 무리 밖의 사람들도 모두 알고 있었지만, 그래도 우리는 잘 지냈다. 어색했기 때문에 유지할 수 있었던 거리가 있었고 그 거리는 10대 특유의 치기에서 비롯되는 이유 없는 싸움에서 우리를 지켜줬다. 넷은 매일 한 명씩 돌아가며 함께 교환 일기를 썼다. 각자의 인생에 대해 고민했고 이따금 없는 고민도 지어내 작은 불행을 커다란 액세서리로 삼기도 했다. 고민은 종종 진심이기도 했지만, 생채기를 절망으로 부풀려 두 장을 빽빽이 채울 때도 있었다. 일기를 다 쓰고 나서는 끝에 항상 멤버(!)들 이름을 적고 한 줄씩 하고 싶은 말들을 썼다. 매일 같이 하루 종일 붙어 다니다 보니 할 말이

떨어지기 일쑤였고 그럴 때면 서로에게 '우 리 우 정 뽀 렙 ☆'같은 말이나 썼던 것 같다. 우정이 뭔지도 잘 몰랐으면서, 별이나 하트를 예쁘게 그리지도 못하면서 기어이 그런 말들을 고집했고 그 고집이 가장 중요했다. 하여간 남들이 하는 건 다 해야 하는 나이였다. 서로의 다름을 흐린 눈으로 뭉개며 "우린 정말 완벽하게 잘 맞아!"라고 말했지만 실은 알고 있었다. 우린 정말 달랐다. 그렇지만 다른 생각과 다른 선택은 곧 우정에 대한 배신이라 여겨지던 중학생 시절, 선택권은 있었지만 주어진 보기는 대개 하나였다. 그래서 결국 어떻게든 하나여야만 했던 그 시기를 우리는 함께 했다.

시간이 지나 우리는 각자 다른 고등학교로 진학했다. 나는 핸드폰 소지가 금지된 기숙학교에 다니게 됐고 자연스레 친구들과 연락이 소원해졌다. 주말 낮, 기숙사 로비의 공중전화 앞엔 늘 줄이 길었고 마땅히 누구에게 전화해야 할지도 정하지 않은 채 습관처럼 차례를 기다리곤 했다. 막상 내 차례가 다가오면 머뭇거리다 결국 친구들의 번호를 눌렀다. L은 유일하게 매번 전화를 반갑게 받아주던 친구였다. 우리는 틈틈이 모아둔 용돈을 가지고 방학 때마다 번화가에서 만났다. 햄버거나 피자를 같이 먹고 담소를 나누는 게 전부였다. 그래도 대화는 통했다. 정작 매일 곁에 있을 때는 서로에 대해 거의 아는 것이 없었는데, 벼르고 별러 약속을 잡아 이야기하고 시간을 보내고 보니 다름도 같음도 그리 특별하게 느껴지지 않을 정도로 편안했다. 생각보다 우리는 비슷한 게 많았구나, 조금 달라도 괜찮은 사이구나, 그렇게 이제는 인생의 절반을 함께한 사이가 되었다. 돌고 돌아 지금은 둘 다 고향에 정착해 단톡방에서 '야 다 때려치우고 싶다'를 매크로처럼 반복하며 산다. 그러다가도 L의 일터에서 이따금 마주치면 우리의 대화는 항상 이런 식이다.

3. 오전 열 시 삼 분

    - 안녕하세요, 고객님 오랜만이에요.

      어쩐 일이세요, 이 시간에?

    - 안녕하세요, 점심 약속이 있어서

      일찍 나왔어요.

    - 그러시구나. 어떤 걸로 드릴까요?

    - 저 이 샐러드 하나 주세요.

    - 마실 건 필요 없으세요 고객님?

    - 네 괜찮아요. 그냥 물 마시려고요.

    - 아… 네… 정말요? 괜찮으세요?

      네 다음 고객님 주문 도와 드리겠습니다아.

아리송한 대화에 매장 직원들도 뒤에 줄을 선 사람들도 갸웃하는 눈치. 카운터 왼쪽으로 쓱 비켜서 괜히 눈을 피한 채 핸드폰만 만지작거렸다. 으레 사람들이 할 일이 밀렸을 때 노트북을 들고 가장 편하게 찾는 곳이 이곳이라던데, 나는 혹여나 L을 마주칠까 늘 긴장하며 들어서곤 했고 오늘이 바로 그 '혹여나'의 날이었다. 마주칠 때마다 하나라도 더 제 돈으로 사 먹이려는 L 덕에 미안함이 빚처럼 쌓여있었다. 친구들에게 뭐라도 하나 더 주지 못해 매번 안달인 L에게 이제는 반가움보다 미안함이 더 컸다. 미안함 한구석에 자리한, 똑같이 아니 그보다 더 많이 갚아주지 못하는 내 부족함을 마주할 자신이 없어서이기도 했고. 그래서 나는 더욱 이 카페에서 L을 마주치기가 늘 미안했다.

매장이 쉴 새 없이 바쁜 틈을 타 나는 조용히 구석 자리로 가서 노트북을 열었다. 작은 컵에 오리엔탈 샐러드와 닭가슴살 블록이 곁들여진 샐러드는 기대보다 훨씬 맛있었다. 플라스틱 포크로 연신 컵 바닥을 찔러대며 자료를 읽었다. 잠이 덜 깼는지 활자가 눈에 완벽히 들어오진 않았지만 빛나는 날씨, 산뜻한 아침 공기, 뷰 좋은 카페, 공기를 맴도는 커피 향… 주변을 둘러싼 모든 것에 취해 이래도 저래도 좋은 상태였다. 주말 아침, 노트북 화면에 자료를 띄워둔 채 카페 구석에서 샐러드로 아침 끼니를 해결하고 있다니. 행복이 별 건가. 지갑이 도와주고 날씨가 맑아 주면 마음은 따라오는 것일지도 몰라-같은 어쭙잖은 행복론을 우물대며 삼켰다. 아, 이 맛에 돈을 벌지. 이 순간을 고이 접어다 지갑 속에 넣어 두고두고 꺼내 보고 싶었다. 분위기에 취해 반쯤 눈을 감고 있을 때 들려오는 담백하고 맑은 목소리,

> – 고객님 디카페인 리스트레토샷
>   숏사이즈 아메리카노입니다아.
>   맛있게 드시고 행복하세요오.

누구세요, 무엇인가요, 무슨 일이죠? 영문을 알아채기도 전에 L은 뒤통수를 보이며 총총총 업무로 복귀하고 있었다. 분명 내가 본 것은 뒤통수인데도 어쩐지 환한 웃음이 보였다. 하얀 머그잔 위로 뽀얗게 김이 올라오는 커피 한 잔 위로 미소가 떠올랐다가 이내 사라졌다. 마시라고 가져다준 것을 차마 마시지도 못하고 온갖 생각에 잠겨 있다가 갑자기 눈물이 삐져나오려는 걸 꾹 눌러 담았다.

점심 약속이 있다고 했으니 밥을 먹은 뒤 커피를 한잔할 텐데, 아침을 먹은 것 같지 않으니 빈속일 테고,

게다가 하루 한 잔의 커피도 잘못 마시면 밤을 꼴딱 새우는 사람이니 역시 디카페인이 낫겠고, 그마저도 많이 못 마실 정도이니 숏사이즈로, 쓰고 묵직한 커피는 싫어하니 리스트레토샷으로 추출해 가져온 게 분명했다.

커피 한 잔에 관찰과 기억, 배려, 애정이 찰랑였다. 커피라기보다 어쩌면 관계였고 굳이 규정하자면 사랑이었다. 이렇게 많은 것들이 이 한 잔에 담겨있을 일인가. 그게 가능이나 한 일이었나. 그걸 당장 호로록 다 마셔버리기에는 잔이 너무 무거웠다. 얼마 남지 않은 샐러드를 물끄러미 쳐다보다 플라스틱 포크로 한 개 남은 닭가슴살 블록을 콕 집어 바닥에 깔린 소스를 긁어내듯 묻혀 입으로 넣은 뒤 우물우물 일부러 오래도록 씹었다. 그러면서 여전히 제 온도를 뽐내고 있는 커피를 물끄러미 바라봤다. 대체 무슨 일이야. 이런 일이 있어도 되는 걸까. 얼마나 잘 살았길래 이런 일이 다 있을까. 자격이 있나 내가. 이렇게 좋은 날, 이런 것까지 받아도 되나. 이러려고 날이 좋았나.

4. 하루종일

머그잔에 아랫입술을 대고 앞니를 잔에서 살짝 띄운 채 컵을 기울여 커피를 한 모금, 내려보냈다. 따뜻한 애정이 안으로 차곡차곡 흘러들었다. 속이 데워지고 머리가 맑아지는 기분이다. 말하지 않아도 전해졌던 나의 오늘과 너의 마음. 제법 행복한 인생이구나. 그리고 참 복잡하게도 이런 때에마저 내 부족함은 쓸데없이 자꾸만 곁에 머문다.

멋모르고 사랑 노래를 불러대던 시절, 온종일 같은 곳을 붙어 다니던 때, 그러면서 몇 번이고 들었던 서로의 감정을 다시 들어주던 시간이 있었다. 일상에 깎여가며 조금 멀어지기도 하고, 아무런 이유 없이 가까이서 위로를 전하고, 바쁘고 지쳤을 서로의 하루를 실없는 소리로 염려하고, 무소식이 희소식이란 허무맹랑한 말에 기대어 서로의 존재 자체에 의지하고 있는 지금까지. 오랜 시간 우리는, 친구였다.

인생의 절반. 방심하기조차 힘들 만큼 긴 시간 동안 연락처에는 서로의 번호가 있었다. 그래서 가끔은 친구라고 일컫는 것이 되레 쑥스러울 정도가 돼버렸지만, 이렇게 한 톨의 각오조차 없었을 배려를 예고 없이 맞닥뜨리면 나는 마냥 고마워하질 못하고 내 인생 곳곳에 자리한 움푹 팬 옹이를 다시 한번 매만진다. 나는 이것밖에 안 되는데 너는 어째서 내게 이렇게 씩이나? 하고 반문하는 것이 내 한계라는 걸 너는 알까. 알고 난 이후에도 나를 그저 나인 채로 바라봐줄까. 묻지도 못할 질문을 곱씹었다.

주는 마음 다 받아내지도 못하는 내 그릇보다 훨씬 더 클 237mL 숏사이즈 머그잔. 커피잔을 두 손으로 든 채 여전히 햇빛이 공중에서 부서지는 모양을 가만히 바라보았다. 지나가는 차 위를 부딪은 햇살이 다시 카페 유리창으로 튕겨와 제 반짝임을 한껏 더 자랑하고 있었다.

어쨌거나 행복이었다. 날씨 따위 사실 아무래도 좋았다. 비바람이 몰아친대도 오늘은 행복할 날이었다. 카페인 없이 부드러운 작은 사이즈의 커피 한 잔으로도 충분했다. 실은 넘쳤다.

끊임없이 낯선

어쩔 수 없다. 나는 매일을 '나'인 채 살아간다. 어쩌다 나는 나여서 나일까. 하며 가지고 있는 에너지 대부분을 나에게 쏟는다. 달래고 어를 때가 많다. 하던 생각을 억지로 멈추기도 하고 멈춘 일들에 다시 시동을 걸기도 한다. 이정표를 보고도 반대 방향으로 부러 힘껏 달리는 것도, 그 다리에 발을 걸어 넘어트리는 일까지도 온전히 내 몫이다. 남들 눈치 보며 살기에도 적잖이 버거운 세상인데 내 속에 내가 너무도 많아 번잡하기 그지 없이 살아야 하다니. 삶이 무거운 이유는 여기에 있다. 틀림없다.

타인에 의해 이미 정해진 답이 있는 질문은 쳐다보는 것만으로 괜히 부아가 인다. 그럼에도 답이 정해진 질문에 일부러 머리를 부딪쳐 본다. 그건 그들의 삶을 타고 흘러나온 답이었잖아 하는 핑계로. 그러나 뭐 하나 특별할 것 없는 삶에 간장 종지만 한 그릇으로 살고 있는 나는, 결국은 그들의 말이 빛나는 정답임을 재차 확인하며 고집을 접는다. 그리고 내 삶은 그저 낯낯임을 확인한다.

그러다 보면 답도 없을 나와의 대화만을 끊임없이 반복하게 된다. 너는 무엇을 좋아하니, 이런 상황에선 어떤 게 가장 현명할까, 현명하다고 해서 다 해결될 일일까, 과연 네게도 내게도 좋은 결론이 있을까, 언제쯤 후회의 틈에서 발을 빼고 똑바로 선 채 살아갈까. 답을 기대하지 않고 시작한 질문의 끝에 어느새 조용히 해결을 기다리고 있는 우매한 내가 있다.

어쨌든 생의 전부를 함께하는 이는 온전히 나 자신뿐이고 결국은 나와 좋은 사이를 유지하는 사람만이 행복할 수 있지 않나 조심스레 결론 짓는다. 내가 가장 어려워하는 것은 절친한 이도, 가족도, 처음 보는 이도 아닌 '나'다. 이건 결국 '나는 유약한 사람이오' 하는 뻔한 고백에 지나지 않는다. 그렇다고 해서 특별히 부끄러울 일도 아니지 않을까. 자기 위로도 반복이면 비겁함이고 도피라는 걸 몰라서 하는 말은 아니다.

아무튼, 내 자신을 나에게 설명하고 설득하면서 업데이트 시도는 계속된다. 물론 결과를 언행에 적용시키는 데에는 꽤 오랜 시간과 험난한 과정이 수반된다. 새로운 버전을 적용하기 전에 0.1, 0.2, 0.3… 하고 계속

야금야금 버그만 수정하면서 사는 게 평생이다. 눈 감은 것보다 더 시커먼 자괴감이라든지 답도 없는 엉망진창 동굴 파기, 감정만 뭉쳐 턱턱 던지며 두꺼운 벽 만들기 등의 짓거리를 하며 이 시간이 지나가기만을 기다린다.

반갑지는 않지만, 며칠 함께 지내고 보는 수밖에 없다. 그래 남들도 다 이렇게 살겠지-같은 안전을 빙자한 비겁함을 푹 덮어쓴다. 그렇게 이기적인 생각을 하다가 말도 안 되는 지점에서 고민들을 쓱 벗어던지고 다시 얼빠진 나로 돌아오곤 한다. 예를 들면 퇴근했더니 동생이 시켜놓은 교촌 허니콤보가 나를 반길 때라든가, 혹은 친구가 다이소에 들렀다가 내 생각이 났다며 건네는 책갈피라든가. 나는 이렇게 얄팍하고 기름진 인간이구나 생각하면서도 일단은 행복해지고 보는 것이다. 그 정도의 투명함을 링거 삼아 맞고 나면 다시 나를 달래는 데 쏟을 힘이 생겨난다. 결국 내 힘은 대개 내 안에서 솟기보다 타인을 빌어 생겨난다.

부끄러운 날들의 연속이다. 그럼에도 불구하고 나와 대화할 만한 가치는 분명 있다. 자기만족이 유일한 보상이긴 하지만 실은 그게 가장 얻기 어려운 것임을 이제는 잘 안다. 슬프게도 그걸 잘 해내는 날은 많지 않다.

끝까지 단정할 수 없는 유일한 것도 '나'다. 단

정 짓고 평가하는 일은 어쩔 수 없이 건방진 짓인지라 살면서 버려내야만 한다. 하지만 그렇게 대단한 사람이 되기까지 아무래도 나는 한참 먼 곳에 있는 게 분명하다. 머리로는 알지만 실천이 안 되니 만만하게 내 자신을 향하는 게 차라리 낫겠지만, 부끄럽게도 내게는 알 수 없는 내가 더 많았다.

'나는 이러이러한 사람이야!'라고 선언하는 순간이 두렵다. 어떻게든 피하고 싶다. 그 속성이 긍정적이든 부정적이든 정의대로 살아야만 할 것 같은 이상한 고집이 생긴다. 그래서 어떤 생각이든 속성이든 부정적인 덩어리가 머릿속에 자리 잡으려 할 때면 그 덩어리를 문장으로 정리하지 않으려 안간힘을 쓴다. 머릿속에서 어떤 문장으로 완성되는 순간 그 문장에 사로잡혀 버린다.

시간을 거치며 변화하는 모양과 생각을 과거에 묶어두려는 멍청한 짓을 반복하는 일은 이제 지쳤다. 완벽하지는 않지만 조금은 스스로를 정의할 수 있다고 생각했는데. 상황마다 시기마다 기분 따라 달라지는 나를 용납하는 일이 여전히 어렵다. 예상치 못한 순간에 예정에 없던 생각들이 또 나를 휘두르니까. 이상하게도 그 어려움만은 변하질 않는다. 변화는 당연한데 변화를 받아들이는 일은 늘 낯설어서 나는 그 괴리에 발을 헛디뎌 쭉 균형을 잃은 채로 숨을 쉬었다.

침대에서 일어나 비몽사몽, 엉킨 머리를 이고 욕실 거울 앞에 서보면 정말 저것이 나인가 싶은 날도 있다. (비단 생김새가 보기 좋지 않아서만은 아니고) 정말로 저 껍데기 안에 어제도 그제도 몇 년 전에도 하던 생각을 이고 지고 살고 있나 싶다. 시간의 도돌이표를 벗어나지 못하는 스스로가 한심해서 거울 속 내 인중을 힘껏 때려주고 싶다. 죽을 때까지 내 껍데기를 거울을 통해 반대로밖에 보지 못하겠지. 그런 생각에 이르면 어쩐지 나는 내가 가장 낯설어져서 한 발짝 거울 뒤로 물러서서 멈칫한다. 그러고 보면 함께한 시간이 길다고 해서 상대를 잘 안다고 말할 수도 없는 일이다.

오랜 친구가 직장 상사의 말도 안 되는 요구를 털어놓으며 욕지거리를 늘어놓을 때 정확히 그가 원하는 위로가 무엇인지 나는 영영 알 수 없다. 한 번쯤은 좋은 이야기를 반응을 조언을 해볼 수도 있을까? 어쩌다 한 번 찍어 문제를 맞히듯 굴면 가능할지도 모르겠다. 하지만 평생 운이랑은 원수를 진 탓에 벌써부터 기대가 없다. 그런 건 아무래도 이 생의 할당량은 아닌가 보다 싶을 정도로 나는 프로페셔널한 위로 부적격자다. 잘할 게 없어서 못 하는 걸 잘하고 있다. 몇 번의 경험을 통해 차라리 닥치는 게 낫다는 걸 배웠다. 그저 가만히 들어주고 빈 술잔을 넘치기 직전까지 따라주는 일이 당장 건넬 수 있는 가장 안전한 위로겠지. 할 수 있는 가장 소극적인 행동으로 관계의 안정을 도모하는 짓이 너무도 비겁해서 결국은 자기 위로를 그만둬버렸다.

자기 전 침대에 누워 오늘을 더듬어 볼 때면 매끄러운 단면보다 손톱 밑 거스러미가 더 생생히 와 닿는 매일을 헤쳐나간다. 생은 늘 새롭고 새로움은 생경해서 나는 온종일을 어제에 적응하는 데 썼다.

어떤 이에게는 하루의 시작이고 내게는 대개 하루의 마무리인 새벽이 온다. 모든 게 불안정한 삶에서 유일하게 규칙적인 순간과 구간. 원망하면서도 결국엔 기댈 수밖에 없는 시간의 흐름을 타고 조용히 낮은 베개를 목 뒤에 두고 눕는다. 어제는 오늘과 같았고 불행히도 오늘마저 낯선 일들로 가득 채웠다. 이미 채운 하루를 비워낼 수는 없다. 다만 내일의 새로움을 더 이상 두려워 않고 지난날보다 조금 더 능숙히, 태연한 척 받아들이기만을 바란다. 바람은 바람이라 아름답겠지만.

드라마와 달리 1

몇 년 전, 11월 중순의 어느 날이었다. 가을하늘을 한껏 찬양하는 라디오 진행자의 멘트에 이어 가을을 사랑한다는 노래가 흘러나왔다. 얼마 전 첫 해외여행을 일본으로 함께 다녀온 뒤 엄마는 줄곧 즐거워 보였다. 계속 곱씹어도 자꾸 단맛이 나는지 일상의 모든 순간에서 여행을 꺼내 보곤 했다.

날이 좋을 땐 여행 내내 좋았던 날씨 덕에 가져간 재킷이 짐이었다는 말을 반복했고, 날이 쌀쌀해지자 이런 바람 아래 다시 야외 노천탕에서 온천욕을 하고 싶다고 했다. 밥을 먹을 때면 료칸에서 처음 먹었던 가이세키 정식이 얼마나 정갈하고 맛있었는지 떠올렸고 그걸 듣고 있자면 나도 덩달아 다시 그곳으로 돌아간 것만 같았다. 거리를 지나가다 사 먹었던 군밤 한 톨마저 엄마에게는 두고두고 꺼내 볼 큰 즐거움이었다. 텔레비전에 해산물이 나올 때면 일본의 유명 맛집에서 먹었던 초밥을 하나하나 찬양했다. 처음 먹어 본 성게가 맛은 있었지만 느끼해서 여러 개는 못 먹겠더라고, 하지만 먹는 내내 정말 즐거운 맛이었다고 말하는 엄마는 사랑스러웠다.

때와 장소를 불문하고 말끝마다 끊임없이 여행 이야기를 꺼내는 것이 조금 부끄러울 때도 있었다. 모든 이야기 끝에 여행 속 한 장면을 꺼냈다. 그래도 나는 그 얼굴이 좋았다. 엄마는 여태껏 내가 본 모습 중 가장 행복해 보였다. 그 얼굴을 통해 '엄마'가 아닌 당신을 보는 일이 기뻤다. 내게는 당연했던 것이 내가 어쩔 수 없이 가장 사랑하는 사람에게는 너무도 특별한 시간이었다. 어쩐지 대화의 끝에선 항상 입 안이 씁쓸했다.

여행 가기 전 받았던 암 검사 결과를 들으러 가고 있었다. 사람들이 입을 열어 가을을 찬양할 틈도 없이 온 거리와 가로수들이 더 요란하게 가을을 알렸다. 화창한 날이었다. 하늘과 거리가 함박웃음을 짓고 있는 기분이었고 나는 어쩐지 그 활기참에 조금 주눅이 들었다. 어쨌든 좋은 날씨였다. 우리는 재래시장에서 국수를 먹고 아이스 아메리카노를 든 채 차에 탄 뒤 병원으로 향했다. 단풍이 보기 좋게 물들어 있었고 걱정이랄건 양치할 새도 없이 진료실에 들어가야 한다는 사실뿐이었다. 이런저런 사연과 우울로 가득한 대기실에서 엄마와 나는 눈치도 없이 깔깔대며 차례를 기다렸다. 그러다 엄마의 이름이 불렸다.

금방 끝나겠지 뭐, 하고 웃으며 들어간 엄마가 십 분이 지나도록 진료실에서 나오지 않았다. 원래 건강검진 결과를 듣는 일이 이렇게 오래 걸리는 일인가? 십 분이면 긴 건가? 아니면 그냥 내가 평범한 한국인의 인내심을 가진 것뿐일까? 알 수 없었다. 그러나 십오 분이 넘어가자 미간에 주름이 잡혔다. 시곗바늘이 움찔, 하고 옆으로 한 칸 더 움직인 순간 진료실 문이 열렸다. 문틈을 올려다봤다.

– 보호자 분 되시죠? 잠깐 들어 오셔야겠는데요.

새파란 유니폼을 입은 간호사가 병원 안 공기만큼이나 건조한 투로 나를 불렀다. 사실 진짜로 그렇게 말했는지 단지 그렇게 느꼈을 뿐인지는 아무도 모를 일이다. 그저 나는 '뭔가'를 방금 알아챘고 간호사는 '뭔가'를 이미 알고 있었다. 그의 하얀 깃에서 눈을 떼지 않은 채 천천히 일어나서 뒤를 따라 진료실로 들어섰다. 굳이 들어야 할까, 이미 알게 되었는데, 마음과 달리 걸음은 재빨리 앞으로 향했다. 문이 다 열리기도 전에 고개를 들이밀어 엄마를 찾았다.

새파랗게 질려있다는 게 무엇인지, 주변의 공기가 얼어있다는 게 어떤 건지 두 눈으로 처음 보았다. 의사는 안쓰러움을 무마하려 힘겹게 미소를 띤 채 엄마를 달래고 있었다. 부정적인 가능성을 열어두지 않은 건 오히려 불안해서였을까, 그 장면을 보는 순간 놀랍게도 물에 젖은 종이처럼 저 아래로 마음이 가라앉았다. 피가 식는다는 건 이런 거였구나. 여태껏 살면서 느껴본 적 없는 고요함이 귀를 타고 심장으로 스며들었다. 동시에 웅웅 소리가 울리더니 의식이 아주 잠깐, 부유했다. 침착해신 내가 낯설었지만 다행이었다. 엄마와 눈이 마주친 순간, 나는 아무것도 할 수 없고 다만 가만할 수 있었다.

"엄마" 하고 부르기 위해 입을 열고 입천장에서 혀를 떼어 내는 데 한참의 시간이 걸렸다. 물에 젖었다가 멋대로 바싹 말라버린 종이 뭉치가 입안에서 조각나 맴돌다 코와 목구멍을 꽉 막고 있는 것 같았다. 의사는 나를 보며 이런저런 이야기를 했다. 다행히 심각해 보이지는 않는다, 그러나 혹시 모르니 큰 병원에 가서 검사를 받고, 검사 내역과 데이터를 CD로 주겠으며, 병원 예약은 꽉 차 있겠지만, 아는 사람이 있으면 인맥을 통해 좀 더 빨리해볼 수 있다, 보험은 몇 개나 들었느냐….

어차피 헤아릴 수 없는 엄마의 마음을 헤아리겠

다고 애를 쓰는 와중에도 의사의 목소리는 정확히 기억에 꽂혔다. 슬픔은 미룰 수 있었으나 현실은 매 순간이었고 불행은 일방통행이었다. 나는 꿋꿋이 역주행을 해야만 하는 입장이 됐다.

병원을 나와 주차장으로 향했다. 엄마는 시선을 어디에서 둘지 모르는 눈치였다. 진료실에서부터 주차장까지, 엄마는 내 왼팔을 붙잡고 기대어 나왔다. 차에 앉아서 나의 무능력을 처음으로 실감했다. 면허가 없는 나는 의식을 잃다시피 한 엄마의 손에 운전대를 맡겨야만 했다. 그러니까, 본인의 몸속에 암세포가 자라고 있다는 걸 방금 전해 들은 사람만이 이 차를 움직여 집으로 갈 수 있었다. 진료비 지불도 운전도 내가 할 수 있는 일이 없었다. 엄마가 훌쩍대는 소리를 들으며 집으로 향하는 십오 분 내내 나는 내 무능력에 질식할 것만 같았다. 한 번도 당신 인생을 온전히 당신 것으로 살아본 적 없는 당신. 삶을 갉아먹으면서 살아온 나는 지금 무엇일까, 뭘 할 수 있을까, 뭘 해야 하나. 질문만 떠돌 뿐 답을 낚아채지 못했다.

모든 자책과 질문 끝에 떠올랐던 무력함이 한 차례 지나가자 정반대의 지점에서 잔인한 이기심과 필연적인 냉정함이 몰려왔다. 취업 준비는 여기에서 멈춰야겠지? 동생에겐 언제 알려야 하지? 병간호는 당연히 내 몫이겠지. 아빠는 아무런 생각조차 없겠지. 하지만 내가 아니면 또 누가 제대로 할까? 그렇다고 해서 내가 짊어져야만 하는 걸까? 그럼 이제 서울 생활은 더 지속할 수 없는 건가? 커리어는 시작도 하기 전에 끝이겠지? 다시 이 작은 도시에서 살아야 한다니. 그동안 나는 어떻게 제 몫을 해야 하지?

채 시작도 하지 않은 모든 상황을 셀 수 없이 많은 경우의 수로 상상하며 나는 방향 없는 원망을 시작했다. 모두가 표적이었다. 고개를 들어 마주한 것은 아까와는 다른 하늘이었다. 세상의 명도가 주락하고 있었다.

스물다섯, 가을이었다.

미감의 밤

일상이 잠에 숨어 내일을 기다리는 시간에 나는 미처 하루를 마감하지 못하고 너만을 감각한다. 맥락은 조각으로 흩날렸으나 공기만은 묵직한 덩어리로 내려앉아 똬리를 튼 대화들이 있다. 기억나지 않는 너의 말들 사이로 남은 것은 다만 햇빛의 빛깔로 부서지는 너의 미소, 노을의 끝처럼 붉기도 푸르기도 한 너의 슬픔. 주고받는 낱말이 쌓이며 각자의 시간이 함께의 역사가 되던 날들. 켜켜이 스며들던 끈적한 마음. 너에 대한 내 마음을 주인 삼아 기꺼이 내 신분을 버리던 시절.

시간을 되감으며 더욱 깊어지는 마음은 밤마다 계속된다. 네 이름을 되뇔 때 입안에 감도는 것은 대체로 사랑이었으나 불안이었으며 때로 아픔이었다. 명치에서 정수리로 치솟는 너의 파도가 계속될 때 나의 몫은 그저 조용히 시냇물처럼 울어내는 것뿐이었다.

드라마와 달리 2

좋아하는 배우와 싫어하는 배우가 동시에 주연으로 활약하는 드라마를 보기 시작했다. 기다리던 배우의 얼굴이 화면을 가득 채울 땐 함께 웃고 울다가 다른 배우가화면 그득히 나오면 바득바득 이를 갈면서도 어쩔 수없이 시청했다. 좋아하는 것으로 싫어하는 것을 이겨내는 데 익숙해서라고 말하면, 너무 치사한 걸까? 어쨌든그 드라마를 소비하는 일이 싫어하는 배우에게 득이 된다는 걸 알면서도 멈출 수 없었다. 그나마 양심의 가책을 덜기 위해 그다음 날 아침 재방송 시간까지 기다렸다가 시간 맞춰 하루 늦은 이야기를 본다. 중간 광고 시간에는 다른 채널로 시선을 돌렸다.

그렇게 가지가지 하면서까지 보던 드라마를 한순간에 놓았다. 뻔하디뻔한 극 중 장치 때문이었다.

주인공에게 비극을 선사하기 위해 혹은 권선징악의 메시지를 강조하는 데 쓰이는, 한국 콘텐츠에서 자주 보이는 몇몇 장치들이 있다. 그런데 기분 탓인지 혹은 경험 탓인지 한국 드라마에서는 그 장치들이 굉장히 한정되어있다. 파산, 기억 상실, 교통사고, 그리고 암.

희미한 기억을 헤쳐 보면, 어렸을 땐 주로 주인공들이 백혈병에 걸리곤 했다. 그런데 이 장치에도 유행이 있는 건지 아니면 지독한 현실 반영인지 몰라도 요즘은 그 자리를 주로 암이 채우고 있다. 그것도 주인공 당사자보다는 주인공이 가장 사랑하는 사람에게 많이 일어나는 사건이다. 시청하는 이는 자연스럽게 주인공의 감정선을 따라 극에 끌려가기 마련이고 주인공이 오열하는 순간 가장 많은 이들이 함께 슬퍼하게 되겠지. 당연한 일이다.

어쩌면 가장 간편하고 써먹기 좋은 장치인지도 모른다. 심지어 작가는 암세포를 몸 구석구석 원하는 곳에 심을 수 있다. 앞 시간 드라마에서 간암에 걸린 설정이 나왔다면 이후 시간에 편성된 경우 폐암 설정을 적용하면 그만이다. 지겨운 느낌도 널어주고, 큰 노력 없이 메시지 전달 장치로 쓸 수 있다.

재방송을 꾸역꾸역 챙겨보던 그 드라마는 주인공의 유일한 가족인 어머니가 췌장암에 걸려 세상을 떠나는 설정을 느닷없이 들이밀었다. 즐거운 로맨틱 코미디 아니었나요, 얼굴이 변해도 당신의 내면을 알아보고 사랑하겠다는 아름다운 메시지를 전달하는 드라마 아니었나요, 굳이 어머니를 그런 식으로 보내야만 했나요, 게다가 가족이라곤 엄마뿐인 주인공에게 굳이, 꼭, 이런 비극을 주어야 하는 건가요, 더 단단한 사랑을 위한 장치랍시고 이렇게 전개하셔야만 했나요, 매시간 드라마를 기다리며 챙겨보던 누군가와 누군가의 가족은 현실에서 그 병과 지독한 싸움을 하고 있을지도 모르는데요.

드라마나 영화 속에서 암은 고난과 아픔의 한 장면으로 포착되지만, 당연하게도 현실의 투병은 그것과 지독하리만치 다른 차원의 것이다. 마냥 슬퍼하거나 남은 시간 동안 사랑만 할 수 있는 병이 아니다. 환자는 본인을 자책하고 가족은 삶을 일정 부분 포기해야 한다. 내가 지켜본 항암치료는 사람을 살리기 위해 잠깐 죽이는 일과 다름없었다. 자고 일어나면 베갯머리에 머리카락과 눈썹, 솜털까지 우수수 빠져 바싹 마른 먼지처럼 바스러졌다. 밥 짓는 냄새, 보리차 물 끓이는 냄새에도 구토를 연발했다. 치료액을 투여받은 다음 날부터 최소 3일은 아무것도 먹지도 움직이지도 말을 하지도 못했다.

그렇게 빠지는 머리를 가만히 바라보다 결국 엄마는 단골 미용실로 찾아갔다. 미용실 영업 마감 시간쯤 조용히 블라인드를 내린 뒤 바리깡으로 조금씩 머리를 밀었다. 두상이 드러날 때마다 엄마와 미용사는 숨죽여 울었다. 마음 약한 미용사는 미처 머리를 깨끗이 밀지 못했다. 결국 집 욕조에 앉아 뜨거운 물을 조금 받아놓고 면도칼로 머리를 다시 밀어야 했다. 수십 년 만에 제 살을 드러낸 엄마의 머리를 차마 쳐다보지도 못한 채 나는 방으로 들어갔다. 숨죽여 우는 게 익숙한 엄마는 그날 딱 하루, 소리 내 엉엉 울었다.

그러고 나면 가발을 써야 했다. 가발은 제아무리 신기술로 만들었다 해도 가발이었다. 특히 여성 암 환자들에게 가발은 내팽개치고 싶은 분신처럼 보였다. 여성 환자들은 앞머리가 있는 가발을 고수했다. 이마와 가발 사이 어색함을 메우기 위해서였다. 한여름에도 그 위를 두건이나 모자로 한 차례 더 덮었다. 허약해진 몸으로 땀을 뻘뻘 흘리면서도 화장과 앞머리 가발을 포기하지 못했다. 그 모든 게 너무 화가 나면서도 십분 이해가 되어서 나는 아무 말도 못 하고 혼자 한숨만 쉬었다.

아는 만큼 보인다는 말을 이런 식으로 체감하고 싶지는 않았지만, 그날 이후 나는 확실히 많은 것을 알아채기 시작했다. 횡단보도를 건너다가, 마트에서 쇼핑을 하다가, 엘리베이터에서 잠깐 지나치는 사람들의 머리만 봐도 그들의 숨이 얼마나 무거울지 조금 짐작할 수 있었다. 비슷한 무게의 숨을 쉬는 사람들이 지나가면 엄마는 가발을 만지작거리며 작은 한숨을 뱉었다.

흔한 잠꼬대에도 가슴이 철렁 내려앉는 것은 그즈음 생긴 버릇이다. 들고 있던 빨래를 화단 위에 집어 던지고 침대로 뛰어가다 정강이에 멍이 든 적 있다. 그렇게 뛰어가서 들은 잠꼬대는 "너무 힘들어"였다. 물을 한 잔 테이블에 올려놓고 조용히 나와서 소파 위에 엎드려 웅크린 채 이불을 덮어쓰고 한참을 울었다. 그런 생활은 아무리 해도 익숙해지질 않는다. 도무지 일상으로 받아들일 수 없는 순간들이 숨 쉴 틈 없이 반복된다. 공기는 흐르지 못하고 모난 입자로 나뉘어 호흡기 벽면에 묵직하고 날카롭게 박힌다. 우울과 체력을 먹고 자라는 그 덩어리들을 가슴 속에 이고 살아야 했다.

이런 현실을 다 고려하면 남아나는 이야기가 있느냐, 너무 예민하게 군다고 한다면, 물론 그것도 맞는 말이다. 하지만 요즘은 정말이지 그저 이야기가 안 풀리면 **짜잔 안녕하세요 암입니다 오늘은 어디가 좋을까요 앗 어디든 상관은 없지만요 일단 불행하기만 하면 되죠 뭐!** 하고 급습을 당하는 기분이다. 이런 상황이 닥칠 때마다 "아 뭐만 하면 암이냐!" 하고 나는 채널을 돌리고 가족들은 다른 이야기를 꺼내거나 아예 자리를 떠 버린다.

그건 과연 분위기와 예민함의 문제일 뿐일까. 사람들은 조금만 화가 나거나 답답하면 '암 걸릴 것 같다', '암 유발 상황' 같은 말을 입으로 뱉고 손으로 써낸다. 잠깐의 답답함으로 어떤 이가 평생 지고 가야 할 아픔을 유머로 소모할 수 있을까. 어떤 마음으로 어떤 상황에서 '암'을 꺼내오는지 너무 잘 알고 있다. 그래서 더화가 치민다. 그렇지만 그런 말을 일일이 짚어낼 순 없다. 지나친 예민함은 '분위기'를 망치기 때문이다.

오랜만에 간 영화관, 기대하던 영화마저 다짜고짜 암으로 이야기를 시작하자 친구는 조용히 한숨을 쉬며 내 손을 꼭 잡았다. 나는 아무렇지 않은 척할 수밖에 없었다.

아직 닥치지도 않은 극 중의 비극 전에 이런 이야기를 꺼내는 것은 다 무슨 연유가 있어서겠지 하고 스스로를 어르고 달래며 두 시간을 버티는 것, 그리고 결국엔 작가가 의도했던 짙은 슬픔을 암과 죽음으로 폭발시킬 때 이야기에 대한 나의 만족도와 상관없이 펑펑우는 것이 내가 할 수 있는 전부다. 요즘은 특히나 이런일들이 많다. 공기만으로도 눌리는 버튼이 하나 생긴셈이다. 자주 마주치다 보면 무뎌질 줄 알았건만 버튼의 유격만 헐거워져 스치기만 해도 화가 나는 일이 잦아졌다.

불행을 겪은 뒤의 일상은 전과 같을 리 없다. 지나간 슬픔을 완전히 소화해내지 못하고 매번 게워내고 확인하는 내가 미련하다. 미련하다고 생각하는 것도 편하지 않다. 개인의 아픔을 이유로, 옆에 있어 주는 이들이 함께 슬픔을 감당해야 한다는 사실이 싫다. 나와 같은 사람이 실은 아주 여럿이라는 걸 반대편의 다수는 잊었거나 모르는 것 같다. 다수의 아픔이 다수의 즐거움을 위해 쓰이는 것이 영 편치 못하다.

현상(現像)

눈감으면 사진처럼 남아있는 순간들이 있다. 아빠의 출근길, 꿈돌이 비디오를 빌려달라고 조르던 나와 그런 나를 보던 엄마의 미소. 하얀 레이스 나팔바지와 블라우스를 입고 음표가 달린 모자를 쓴 내게 고개를 조금 더 들어보라며 소리치던 엄마와 아빠.

시골집 뒷산 억새밭에 앉아 동생과 바라본, 하늘만이 끝이던 가을 하늘. 경운기가 비포장 시골길을 털털털 달릴 때 잔뜩 쌓아 올려진 생대추 몇십 상자도 함께 털털털 먼지를 털어내던 일.

롤러블레이드를 신은 채 몇 시간이고 동네를 활보하다 아무도 찾지 않는 벤치에 주저앉아 시멘트 틈에 핀 들꽃을 멍하니 바라보던 때.

하굣길, 친구와 눈이 마주치고선 이유 없이 웃음을 멈추지 못하는 동안 고개를 젖힌 채 마주한 빗방울. 몰래 뛰쳐나온 야자 시간, 기숙사 앞 비탈길에 누워 새삼 빛나던 별을 보고 찾아온 침묵.

이른 봄, 미세먼지 낀 한강에서 어설픈 피크닉을 시도하다 맥주병을 딸 병따개가 없어 맨손으로 낑낑대던 일. 아침부터 만든 샌드위치가 지하철 인파에 치여 다 찌그러져도 마냥 즐거웠던 오후.

사람들의 입을 빌려 햇빛이 제 말소리를 내던 공원, 웃음소리와 함께 휘어지던 눈꼬리. 소란하게 부서지는 빛이 얼굴에 내릴 때 잠결에 가만히 가라앉은 숨소리.

해를 빤히 바라보다 눈을 감는다. 채 망막을 떠나지 못한 빛이 제멋대로 움직이다 내 맘대로 자리를 잡는다. 종종 그렇게 순간들을 현상한다.

명절의 질감

조금 있으면 추석. 더도 덜도 말고 한가위만 같으라는 말이 한 번도 가슴 깊이 와닿았던 적은 없다. 그저 별 뜻 없이 반복되는 정치인의 선거 유세나 다름없는 말이었다. 이런저런 말도 안 되는 가부장제의 폐단을 태어나서부터 쭉 보고 자란 경상도 장녀는 대체로 30대에 접어들면서 친척들과 서서히 멀어지려고 시도한다. 나처럼. 애초에 집안에서 주목하는 대상은 아니었으니 뭐, 어렵지도 않다.

명절을 편안한 시기로 인식하게 된 지 이제 겨우 1년 남짓. 현재 '우리 가족' 안에 나의 아버지는 없다. 엄마와 나, 남동생은 우리의 결정을 그에게 통보했다. 그의 동의 없이 우리가 가족사의 중대한 결정을 내린 건 살면서 처음 있는 일이었다. 우리 셋은 더이상 그의 눈짓과 한숨, 헛기침 한 번에 온 하루를 빼앗기지 않기로 마음먹었다. 그가 의심만을 근거로 엄마의 방에 카

메라를 설치해서 일상을 도청해왔다는 것을 알았을 때, 그리고 남편으로서 응당 할 만한 일을 했다는 듯 자신의 입으로 직접 자랑스럽게 그 사실을 토로했을 때, 이번이 처음이 아니라는 사실까지도 당연하게 여겼을 때, 예상과 달리 자식들이 제 편을 들어주지 않자 너희를 모두 죽여버리겠다며 겁박하는 괴물이 되었을 때, 30년간 그를 견뎌온 우리 셋은 일말의 망설임 없이 그를 버렸다. 이따금 인간 같았던 그의 모습을 추억하며 함께하기에 그때의 우리는 너무 지쳐있었다. 그는 늘 우리가 그를 두려워하면서도 존경하길 원했지만, 그러기에 그의 실체는 너무 나약하고 빤했다. 우리가 당신의 꼭두각시가 아닌, 의사와 감정이 명확한 인간이라는 사실을 딱 한 번 표현하자마자 그는 겁에 질려 도망쳤다.

작년 추석부터는 얼굴도 영문도 모르는 내 아버지 조상들의 밥상을 차리지도, 거기에 우르르 몰려 절 올리는 모습을 구경하지도, 기억도 안 나는 사람들이 들어올 때마다 다과상을 차리고 치우기를 반복하지도 않는다. 이름도 모를 이가 무례하게 나의 외모를 평가하고 혼사를 걱정하고 자궁의 안위를 논하는 소리를 들으며 헛된 에너지와 시간을 낭비하지도 않는다.

대신 집에 가만히 모로 누워 넷플릭스로 무얼 볼까 한 시간씩 고민하거나, 좋아하는 카페에 함께 가서 궁금했던 커피를 종류대로 다 주문해보거나, 모자 하나 푹 눌러쓴 채 슬리퍼를 신고 동네 맥줏집으로 향하기도 한다. 좋아하는 재즈 음반을 하루종일 틀어놓고 책더미에 둘러싸여 온종일을 보내거나 친구와 여행을 가기도 한다. 엄마와 나 그리고 남동생은 매우 행복해졌다. 드디어 휴일을 휴일답게 보낼 궁리를 한다.

가족이란 이름 아래 행해졌던 노동의 착취에 대해 자주 생각한다. 얼굴도 모르는 죽은 이들의 밥상을 차리기 위해 존재와 노고가 당연시되던 '남의 집 귀한 딸래미'들. 그 '귀함'은 데려오기 전까지만 유효했던 모양인지, 찰나와 같은 유통기한과 함께 일순간에 사라져 버리곤 했다. 그런 모습을 너무나도 많이 보며 자랐다. 아니, 그렇지 않은 모습을 본 기억이 없다.

그게 문제였다. 다들 그렇게 사는 때였다. 문제를 몰랐던 게 아니다. 해결을 목격한 적이 없었을 뿐. 다들 그렇게 산다는 말은 위로가 되기도 했고 위기이기도 했다. 대개 그 둘 사이를 오가며 위태롭게 사는 것이 결혼생활이라고 서로를 또 위로하며. 그리고 그것이 허울뿐임을 모두가 아는 채로.

세상이 너무 변했네. 젊은이들의 어떤 구석이 마음에 들지 않으면 나이만 먹은 이들은 입버릇처럼 그 말을 반복했다. 그러면서도 제 딸이나 손녀는 그 젊은 것들과 다르리라 믿는다. 그러나 틀 안에서 반듯하게 고분고분 자라온 딸들은 제 안의 칼을 조용히 벼려내고 있었다. 우습게도 벼려낸 칼을 드러낼 틈은 늘 그 안이한 어른들 덕에 생겨났다. 반대에서 마음에 칼을 품은 자는 결코 안이하게 살 수가 없다. 나는 오래도록 기다렸고 덕분에 틈을 놓치지 않았다. 그저 수많은 딸 중 하나다. 흔한 이야기. 고개를 흔들고 치를 떨며 악마화하는 그 많은 딸들을 제 자신이 꾸역꾸역 키워낸 것임을 그들은 절대 알 리 없다.

낭연한 휴식을 갖기 위해 평생을 고민하고 관찰해야 했다. 구조와 구조에 편승하는 자들의 몫이었어야 할 고민은 내 것이었다. 나의 상식과 구조의 불합리성이 부딪치는 동안 나는 끊임없이 나의 반대편으로 나를 설득하려 노력해야 했다. 거기에 쓴 에너지를 다른 곳에 썼다면 어땠을까. 가끔은 여전히 아쉽다. 삼십 년간 이어진 나를 향한 억지 설득은 번번이 실패했다. 실패 덕에 나는 결국(다행히도) 내가 되었다. 구조야 나를 따라오건 말건 엄마와 남동생의 손을 잡고 사뿐하게 탈출. 우리는 많이 다치고 오래도록 아팠지만 그러면서도 알았다. 이 상처를 지나면서 분명 우리는 행복해지리라는 것을. 그 모든 일들 앞에서 함께 단단할 수 있었던 이유는 그저 확신 하나였다.

가을의 연휴는 이토록 보송하고 가벼운 것이었구나. 처음으로 느껴보는 명절의 질감. 자, 이제야말로, 더도 덜도 말고 한가위만 같아라.

쉽게 사랑해서 쉽게 놓친 계절

서늘함을 사랑한 기억이 없다.

냉철하고 반듯한 것만이 옳다고 여겼다. 그렇게 배웠다. 어른들은 늘 내게 다정으로 나약해지는 쪽보다 경계로 곤두서는 편이 좋다고 말했다. 어린 나를 키워 낸 어른들은 모두 겁쟁이였고 그래서 비겁했다. 시간이 지날수록 나는 그들을 더 잘 이해할 수 있었고 그건 좀 억울한 일이었다. 배움의 근원을 알아채기도 전에, 그 들의 가르침이 내 마음의 언어에 얼마나 가까운지 알아 보기도 전에, 그 모든 것들이 어린 내게 스며들었다. 그 리고 내가 되어버렸다.

아주 오래도록 그 사실이 미웠다. 다른 얼굴을 하고 다른 생각을 하면서도 같은 가면을 쓰고 같은 말 밖에 하지 못했던 수많은 어른들이 지겨웠다. 내 삶에 서 그들의 두려움이 어디에서 왔는지 하나둘 알아챌수 록, 온몸으로 받아들일 수밖에 없는 시간을 살아낼수록 싫었다.

다행히 막상 내가 사랑했던 것은 당연하게도 모두 따스한 것들 뿐이었다. 혹여 그 사랑이 위선이나 가식으로 오해받을까 두려워 늘 감추기 바빴던 날이 길었다. 들키기 쉬운 눈빛도 이미 들켜버린 마음도 아주 못난 얼굴과 말로 허겁지겁 덮어내며 작고 초라한 마음으로 살았다. 그 커다란 사랑을 숨기느라 내내 버거운 마음으로 숨 쉬었다. 이제 그 긴 터널은 비밀이 아니다. 기꺼이 사랑을 말하는 날에 이르자 그제야 나는 나를 있는 그대로 두고 볼 수 있게 됐다.

사랑을 사랑으로 인정하고 나서, 오래 묵은 두려움을 모두 내려놓고 나서, 그제야 사랑할 수 있게 된 것들이 아주 많다. 서늘함도 조금 품어낼 수 있는 여유를 얻었다. 나를 향한 오랜 미움을 걷어내고 용서의 공기로 숨을 쉬자 마음은 가벼워졌다. 가벼운 심장으로 맞이한 세상에서 내가 가장 먼저, 가장 쉽게 사랑하게 된 것은 가을이었다.

다른 무엇도 아닌 가을이었던 이유는 아마 가을의 매일이 달라서가 아닐까. 이 계절의 아름다움은 내게 숨 쉴 틈을 주지 않고 오감과 기억 속으로 들이친다.

실은 남몰래 날마다 다른 가을의 이름을 붙여 부르고 있다. 내 멋대로. 높은 구름과 더 높은 하늘, 매

서운 아침 뒤 포근한 오후, 바싹 말라 밟혀 두 동강 난 나뭇가지 내음, 아직은 아이스라떼, 반바지와 긴 팔 맨투맨, 조금 어색하지만 괜찮은 코트, 바람에 흔들리는 나무 소리 등.

조금 유치하고 제법 일리 있는 이름으로 그날 하루를 보내고 나면 아주 짧은 이 가을을 최대한 길게 늘여 만끽하고 있단 착각이 든다. 착각이 꼬리를 물다 보면 어느새 생각은 나를 향한다.

일교차에 마음이 일렁이기가 일쑤인 나약함으로 이 계절을 보내나 보면 늘 애먼 곳에서 발을 헛디뎌 마음을 쏟아내고야 만다. 눈을 뜬 순간 방의 공기가 차가워질수록 마음은 자꾸 머리보다 발에 가깝게 가라앉는다. 이유 없이 시야 위로 차오르는 서글픔도 날씨 탓을 해버리기 좋은 날들, 하지만 잠을 핑계로 그 서글픔마저 간밤에 묻어 잊어버리기 간편한 날들. 핑계 한 번 근사한 날들.

오늘 아침엔 일어나 베란다 문을 여니 겨울의 냄새가 났다. 높고 낮은 산을 타고 옷을 갈아입은 단풍빛을 눈 아래 가득 펼쳐놓고 보지도 못했는데… 안타까워라. 아까워라. 그 많은 시간이 흐르는 동안 뭘 했더라.

사랑하는 것을 놓치는 실수는 이렇게나 순간이

고 나는 언제나처럼 실수에서 아무것도 배우지 못한다. 이제는 그래도 좋다. 막연한 평화를 기대하는 무모함이 생겼다. 진짜는 멀리에 있고, 실은 없는 말이다.

우리는 부재를 존재하게 만들기 위해
다른 존재와 각자의 일상을 갉아먹는다.
그것을 '삶'이라 부른 뒤
과제처럼 해치우고 있을 따름이었다.

겨울

다만
존재를 위한 부재 앞에서

_____

갖은 고지서엔 나의 이름이 오르내리고 처음 보는 사람들은 이제 나를 '학생'이 아닌 '저기요'라고 부른다. 오천 원짜리 커피 한 잔을 어렵지 않게 사 먹게 되는 동안 엄마는 점점 더 많은 것을 대명사로 뭉뚱그리기 시작했다. 그러자 가까운 이들이 돌아오지 못할 여행을 떠나는 일이 잦아졌다. 나는 그들을 배웅하러 장례식장으로 간다.

　　도착하자마자 황망한 표정의 사람들을 마주한다. 의미 없는 인사를 나누고 나면 묻지 않아도 들려오는 '여행'의 사유. 다들 얼른 상복으로 갈아입으라고 누군가 소리치지만, 아직 상복은 도착하지도 않았다. 상복의 사이즈를 고르고 수량을 파악하는 데에만 한참이 걸린다. 상주는 제 자식이 어느 정도 크기의 옷을 입는지 모른다. 상주 완장을 찬 채 제단 오른쪽에 놓인 매트에 앉은 그는 멍하니 허공을 응시하고 집안의 여자들은 음식을 주문하고 영수증을 챙기고 상복 사이즈를 점검하며 분주하다. 이름 모를 친척들이 어깨를 두드리며 집안의 기둥이라 칭하던 종손은, 입을 꾹 다문 채 그 옆에 앉아 휴대전화에 시선을 꽂았다. 상주가 "커피이" 하고 길게 말끝을 늘여 공중에 소리를 던지자 그의 딸은 익숙한 듯 종이컵에 믹스커피를 타 제 아버지 앞에 내려놓았다. 이 집 맏며느리가 누구냐는 말에 두리번거리던 딸은 큰일이라도 난 마냥 제 엄마 대신 급하게 뛰쳐나간다. 그 모양이 우스워 할 말을 찾으려 숨을 들이쉬었다가 이내 맥이 빠져 입을 다문다.

직계 가족들이 다 모여 추억여행을 반복하고 밤을 새우는 일은 거듭된다. 체력과 에너지를 촘촘히 낭비하는 동안 해는 성실하게도 제시간에 제 자리를 찾아간다. 해가 뜨면 사람들은 다시 낯선 손님을 맞이하기 시작한다. 오랜만에 연락이 닿은 지인들, 관계가 서술되지 않으면 기억나지 않는 친척들과 마주해 잠깐의 머쓱함과 기나긴 위로를 함께 한다. 울고 또 웃으며 했던 이야기를 반복한다. 한쪽에선 추억보다 바쁜 경계가 한창이다. 육개장이 모자라지는 않는지, 수육이 한 접시에 너무 많이 나가는 것은 아닌지, 장례식 도우미가 몰래 먹을 것을 다 가져가는 건 아닌지, 뚜껑을 따놓고 마시지 않은 생수가 있는지 끊임없이 확인한다.

죽음은 언제나 삶의 곁에 있다. 그런데 지금 여기, 죽음으로써 마침내 영원을 획득한 고인을 기리기 위해 현실을 딛고 살아있는 자들이 모여 있다. 그리고는 왜 살아서 영원하지 못하는 것이냐고 이따금 울부짖는다. 울음은 진심이기도 하고 사회적 습관일 때도 있으며 가끔은 위선이다. 언제나 그렇듯 관계의 역사를 한눈에 보는 일이 그리 유쾌하지는 않다.

슬픔은 한 사람의 몸에서 터져 나오기 전에 늘 사람을 작게 만든다. 오열하듯 울음을 토해내는 동안 각자의 어깨는 동그랗게 말려 들어 간다. 작아진 몸에서 응축된 슬픔은 고여있기 힘들다. 손수건은 눈물을 닦기보다 입을 막아내기 위해 손에 쥐어진다. 울음 위로 어둡고 무거운 비명이 더해질 때면 지켜보는 이들의 마음에도 바닥부터 차곡차곡 슬픔이 차오른다. 찰랑이던 슬픔은 눈물이 되어 넘쳐버리고, 그렇게 슬픔은 전염된다. 모두가 함께 우는 순간이 몇 번이고 반복된다.

세상이 진동하는 슬픔에 휘청이다가 마주하는 어떤 장면은 그러나, 순식간에 그 슬픔을 잠깐 꺼트리기도 한다. 몇 번을 겪어도 익숙해지지 않는 절차와 행위, 업체와 지역에 따라 달라지는 장례 사항들. 어쩌면 어디에서도 누구에게도 일관되지 않았을 그 모든 숫자와 절차들은 고인을 온전히 곱씹고 추억하도록 내버려 두지 않는다.

황망함에 취한 이들 사이를 휘젓고 다니는 이들이 있다. 기계적인 친절함으로 어디에서 시작되었을지 모를 절차를 운운하며 짐짓 차분한 눈빛과 말투로 그 황망함을 정리하려 든다. 가시는 길 외롭지 않도록 노잣돈을 넉넉히 넣으라고 말하면서, 딱 한 번, 그들의 눈이 빛났다. 다수의 오열 앞에서 빛나던, 암묵적으로 용인된 욕망. 사위들이 노잣돈을 놓고 자리로 돌아오자 다들 모른 척 고개를 숙이거나 돌렸고 상조 회사 직원은 조심하는 기색도 없이 돈을 슥슥 뽑아 제 양복 안주머니에 넣었다.

공공연한 기만과 묵인. 죽음보다 삶이 가까운 자들에게 영원보다 가까운 것. 어쩌면 스스로에게 내린 벌이었을까. 고민 없는 질문만이 그 자리에 내려앉는다.

내게 장례식은 남은 자들의 집단 위로 현장이다. 죽은 자가 말이 없는 동안 그의 존재는 산 자들의 말로 메워진다. 당신의 죽음을 이유 삼아 우리는 얼굴을 마주하고 또 손을 잡았다. 지나온 줄도 모른 채 지나온 과거의 순간을 꺼내어 함께 나누었다. 이따금 눈물은 생각보다 앞서나갔고 한탄은 자꾸만 꼬리를 늘였다. 온종일 슬플 것만 같다가도 이야기를 나누다 보면 그저 좀 더 피곤한 하루를 함께 보내는 일에 지나지 않았다. 서글픈 눈을 하고도 우리는 평범한 농담을 잘도 나누었다. 슬픔과 회한의 한가운데에도 일상은 계속되고 구태의연한 일상은 그제야 제 존재를 조명받는다.

나는 그곳에서 매 순간 온전히 슬퍼만 해야 했을까? 각자의 슬픔은 과연 누구를 위한 것이었을까? 그 모든 복잡다단한 관계, 죽은 자를 보내기 위해 소비해야만 하는 이 세계의 물질들, 종종 찾아오는 작은 웃음을 나는 외면할 수 없었다. 여전히 모두의 곁에 있을 죽음이 아직 내게는 타인의 역사라는 사실이 내 오만함을 일깨웠다. 어쨌거나 나는 이곳에서 끝없이 일시적일 순간들을 살아내야만 한다.

영원한 삶 혹은 일시적 상실 같은 모순은 오로지 생의 편에 존재한다. 죽음을 기리고 부재를 더듬는 자리에서 만나는 것은 모두 산 자만을 위한 것이었다. 산 자의 슬픔을 관망하고 이용하는 자들의 무신경함은 내가 여전히 살아있음을 날카롭게 일깨웠다. 그렇게 존재하는 자들의 욕구와 감정으로 넘실거려 숨 막히는 이곳의 섭리는 결국 생의 허무함만을 강조하고 사라진다. 우리는 부재를 존재하게 만들기 위해 다른 존재와 각자의 일상을 갉아먹는다. 그것을 '삶'이라 부른 뒤 과제처럼 해치우고 있을 따름이었다.

죽음이 모이는 화장터에서 마신 커피는 맛있었고, 나는 그것이 지독하게 우스웠다. 어설피 슬픈 수요일이었다.

요리를 좋아하긴 합니다만

그렇다. 나는 요리하는 일을 매우 좋아한다. 그게 뭐 대수라고 비장하게 말을 하냐 물으면, 역시 나의 성장배경을 좀 설명할 필요가 있다(TMI경보).

나는 TK에서 종갓집* 차남의 장녀로 자랐다. 아마 이 문장 하나로 누군가는 이마를 치고 '야, 너두?'를 외치며 탄식했을 것이다. 대한민국 남성이 가장 적은 시간 동안 가사노동을 하는 지역, 대구 경북. 경상북도 남성과 결혼하면 함께 사는 여성이 하루 평균 65분의 가사노동을 더 하게 된다는 연구 결과가 존재하는 곳. 연구 결과까지 갈 필요가 있을까. 미안하지만 나는 경상도 남성에 대한 뿌리 깊은 편견을 가진 경상도 여성이다. 심지어 모계와 부계의 두 가족 모두 종갓집인 환경에서 평생을 보냈다.

---

* 종갓집의 기준이 무엇인지 현대에서는 조금 모호해졌지만,
  집안 어른들은 그것을 자처하면서 이해할 수 없는 금지를 가진다.
  분명한 것은 뉴스에 나올 만한 '뼈대 있는' 집안은 아니라는 사실이다.

나의 아버지로 말할 것 같으면 장남보다 훨씬 똑똑하고 말 잘 듣는 아들이었지만, 그만한 대접과 지원을 받지 못한 차남. 장남에게 모든 것을 몰빵하는 집안에서 차남은 아무리 공부를 잘해도, 아무리 모부 말을 잘 듣는 착한 아들이어도 만년 두 번째, 차선책, 스페어였던 것이다. 방황을 가장한 범법 행위로 장남이 집안 전답을 축내는 동안, 그럼에도 불구하고 장남은 집안의 기둥이자 빛이라며 끊임없는 지지가 이어지는 동안, 내 아버지는 유별나게 공부를 잘했지만 대학을 가지 못했다.

아버지 역시 마땅한 내면의 성장과 고찰을 통해 세상의 '두 번째'를 품어내는 어른으로 자랐다면 참 좋았겠으나, 그는 결국 성장 과정에서 받지 못한 대접과 사랑을 자신이 만든 핵가족에게 맹목적으로 요구하는 어른으로 자랐다. 그 이후 우리가 어떤 가족으로 묶여 지냈는지, 나는 어떤 사람으로 자라길 기대받았는지 등은 자세히 말하지 않아도 정확히 추측할 수 있는 사람들이 더 많으리라. 여기까지가 나의 성장배경.

물론 나와는 달리 양성이 평등한 역할을 수행하는 가내 문화 속에서 인생을 보낸 경상도 태생 여성도 계실 것이다(부디 어딘가에는 꼭 계시길 바란다). 그러나 공교롭게도 내 주변에는 단 한 명도 없었음을 먼저 밝히고 시작한다. 그러니 이 뒤로 이어질 글은 누군가에겐 아주 높은 공감을 사는 한편 누군가에겐 매우 편협하게 느껴질지도 모른다.

적게는 셋, 많게는 일곱. 여자 여럿이서 온종일 모여 전을 부치고 나물을 삶고 국을 끓여야 했던 주방은 보일러도 에어컨 바람도 닿지 않는 집구석 한편이었다. 우리가 쪼그려 앉아 전을 부치고 재료를 다듬어야 했던 그곳은 웬만한 20평대 아파트 창고보다도 더 작았다. 작은 여자들이 그 작은 몸을 한껏 구겨 넣고 뒤집개와 국자를 쥔 채 쪼그려 앉아 온종일을 보내야만 했다. 얼굴도 모르는 '남편의 조상'을 기리기 위해. 기름 냄새에 찌들고 명절 내내 상을 차리고 치우고 과일을 썰고 커피를 타고 물을 따르고 어쩌고저쩌고 갖은 일을 하면서도 불평불만은 절대 부엌문을 넘지 않았다. 그리고 놀랍게도 아무도 그것을 이상하다고 생각하지 않았다.

내 아버지의 직계 존속들은 시골 작은 면에 집성촌을 이루어 살고 있었다. 명절이면 집성촌 집집마다 너무나 자연스럽게 남의 집 딸들을 데려다 그 부엌에 몰아넣고 노동력을 착취하고 있었다. 저들의 돌아가신 조상들을 모시기 위해. 내가 중학생일 때까지만 해도 명절 당일 날 아침이면 차례상에 절을 하러 100여 명의 친척들이 와글거렸다. 좁은 집에서 수많은 손님들에게 아침상을 차리느라 집 안부터 툇마루, 심지어 마당에까지 자리를 깔고 상을 펴 식사를 날라야 했다.

　　나는 아직도 기억한다. 한겨울 한파 속 칼바람을 버티며 마당에서 소고기뭇국과 밥을 삼켜내던 많은 남성의 마르거나 살찐 굽은 등, 제 몸집만 한 쟁반에 갖은 밥그릇과 국그릇을 얹어 그 뒤를 바삐 오가던 여성들의 모습, 동생을 낳고 얼마 되지 않아 40kg의 몸으로 제 상체보다 더 큰 쟁반 위에 국그릇 8개를 올려 들고 바들바들 조심조심 발을 딛던 엄마, 코와 귀가 겨울바람에 빨갛게 물든 사이 입술 새로 끊임없이 입김이 뿜어져 나오는 동안 찬물뿐이던 부엌에서 어금니를 깍 깨물고 하루종일 설거지를 하던 이름도 나와의 관계도 모를 어떤 아주머니까지.

　　가만히 앉아 손님을 붙잡고 밥 먹고 가라며 "여어 밥 시 개('여기 밥 세 개'의 사투리)!"를 외치던 그날 처음 보는 노년의 남성들. 반질반질한 양복을 입고 안경 한쪽을 추켜올리며 아까 김치 더 달라고 했는데 왜 아직도 안 주냐 신경질을 내던 남성. 너는 여자애가 왜 멀뚱히 구석에서 엄마를 안 돕고 서 있냐고 묻던 말간 얼굴의 육촌 남자애. 그들을 대접하고 먹이고 체면을 차리느라 마당의 커다란 가마솥 두 개로도 모자라 부엌의 2구 가스레인지도 쉴 새 없이 국을 끓여냈다. 무려 2000

년대 중반의 일이다.

　　죽은 이의 밥상을 차리느라 산 (여)자들은 이래 저래 반쯤 죽어가면서도 남성들 앞에서는 방긋방긋 '살갑게' 웃어야만 했다. 그래야 남편의 체면이 서니까. 비록 오늘 처음 본 남편의 먼 친척 앞에서 남편이 본인 흉을 보는 소리를 듣더라도 말이다. 여성 자식들에게 당연하게 내려지는 외모 평가는 말할 것도 없다.

　　하여간 이 모든 과정들이 처음으로 내게 '요리'로 인식되는 순간이었다. 어떤 음식을 조리하는 과정만이 아니었던 셈이다. 보름달처럼 풍성한 추석이 되라든지, 새해 복 많이 받으세요 따위의 말은 그러니까 내게, 늘 위선에 불과했고 단 한 번도 가족들의 행복을 벅찬 마음으로 바랄 수는 없었다.

　　반면 손 하나 까딱 안 하고 그 모든 진수성찬을 허겁지겁 먹어 삼킨 후 몇 시간이고 밥상에서 수다를 떨던 집안의 남성들은 이 모든 일련의 과정을 한도 끝도 없이 가볍고 하찮은 것으로 치부하곤 했다. 말하자면 그들은 모두 해리포터였던 것이다! "물" 한 마디면 갑자기 물 주전자가 앞에 놓여있고, 밥과 국에 전까지 다 먹고 난 뒤 트림이 몸에서 채 빠져나가기도 전에 짜잔~하고 수박이, 송편이, 참외가, 수정과가 상 위에 펼쳐지는! 호그와트 연회장이나! 다름이! 없었던 것이다!

아무튼, K-장녀가 요리를 잘한다? 청소를 좋아한다? 바느질을 잘한다? 세상에, 절대 들통나서는 안되는 일이다. 그분들을 놀라게 해서는 안 돼! 들키고 나면 그 모든 행동이 결국은 '참한 새색시 감', '엄마를 돕는 착한 딸'이라는 결과로 수렴하고야 만다. 심지어 이 과정에 적극 동조하며 자랑스러워하는 이가 어머니 당신이라는 사실 또한 매우 흥미롭고 안타까운 지점이다.

그러니, 나는 내가 '살림'과 관련된 일련의 수행 과정에 애정을 가지고 있다는 사실을 남들 앞에서 인정하기가 매우 힘겹다. 매우 매우. 어느 정도냐면… 한때 내가 매우 매력적이고 세상에서 가장 재치 있다고 생각했던 희극인이 유세윤이었다는 사실을 고백하는 것만큼이겠지…(콘텐츠를 위해 내 존엄을 희생했다).

이전에 잠깐 나와 가까웠던 남성에게 내가 요리를 좋아한다는 사실을 우연히 들키(!)자마자 이런 말을 들어야 했다.

　- 우와, 나중에 나도 서하 씨가 해주는
　　갈치조림 먹을 수 있겠다.

갈치 뼈만 발라서 입에 처넣어주지 못한 것이 한이다. 하여간 어딜 가나 여자가 요리 좀 좋아한다고 하면 그게 다 당연히 저를 위한 것인 줄, 정상 가정을 위해 준비된 신부로서의 자질인 것으로 착각하는 사람들 때문에 저 취미가 내 취미다, 요리가 내 사랑이다, 등의 말을 할 수가 없다. (이 꼴을 하고서 어떻게 그래요!?) 특히나 요리에 흥미가 굉장하다는 사실이 엄마의 입을 통해 일가친척들이 모인 가운데 전해진다면 그것은… 그 뒤에 오는 모든 '칭찬'을 빙자한 재앙은 오롯이 내 몫이다(죽여줘…). 나의 취미는 왜 온전히 내 것이기가 이렇게도 힘든가.

이러저러한 이유로 말하기를 꺼렸지만, 어쩌겠는가! 좋아하는 것은 좋아하는 것. 잘하려는 마음까지야 없지만서도 낯선 식재료를 거리낌 없이 집으로 들여 나름의 레시피를 연구하는 일도, 한 번 꽂힌 재료는 한 달 내내 사들여 이렇게도 저렇게도 해 먹어보는 일도, 요리 하나 해 먹자고 도구를 여럿이나 들이는 일도, 접해본 적 없는 음식은 또 뭐가 있을까 열심히 구글링하는 일도 모두 즐거운 것을.

분명 내게는 국수 한 사발로 위로받은 비 오는 저녁이 있고, 객지에서 외로이 몇 달을 버티다 본가에 내려와 먹었던 잊을 수 없는 된장찌개가 있다. 어떤 멸치로 육수를 우려내느냐에 따라 달라지는 맛의 깊이를 체험하는 일이라든지, 가지의 새로운 맛에 눈을 뜨는 기쁨까지, 그 모두 나를 좀 더 힘차게 살게 만든 몇몇 순간들 중 하나다. 괴로운 맥락에도 불구하고 나는 요리하는 일과 그 결과물을 나누는 일까지 그 모든 요리의 흐름을 사랑한다. 이 기쁨 안에 어떠한 강제성이나 비논리 혹은 부당함이 끼어들지 않기만을 바랄 뿐. 우리가 사랑하는 것을 사랑하는 일에 그저 기꺼움만이 끼어들기를 바랄 뿐.

하나 덧붙이자면 요리를 사랑하는 반면 설거지와 뒷정리는 매우 힘겨워하는 편이다. 일을 벌여놓고 수습에 서툰 것은 비단 요리뿐만 아니라 늘 있는 일이기는 하다. 그래서 요즘은, 가까이 사는 친구들을 자주 불러 식사를 대접하고 그들에게 설거지를 맡긴다. 이걸 대접이라고 할 수 있는지는 모르겠지만 아직까지는 친구들도 만족스러운 눈치다. 단톡방에 메뉴를 공지할 때마다 꾸준히 친구들이 찾아주는 덕에 하는 말이다. 혹시 이 초대가 부담스럽다면 홀연히 내 눈앞에 나타나 당근을 흔들어주세요, 여러분….

후쿠오카의 밤

다른 나라에서도 2월의 해는 짧았다. 공항에서 버스를 탄 지 얼마 되지 않아 버스 맨 앞자리에 앉아 고개를 꾸벅대며 졸았다. 그러다 창틀에 머리를 살짝 부딪히는 바람에 잠이 달아났다. 고개를 홱 들어 올리자 룸미러로 기사님과 눈이 마주쳤다. 기사님이 작은 소리로 "고멘나사이. 다이조부데스까?" 하고 물었고 나는 반쯤 뜬 눈으로 웃으며 "다이조부데스!" 하고 대답했다.

목적지에 도착하면 방 안에 앉아 노을 정도는 함께 볼 수 있을 거라 생각했는데 그런 기대가 민망할 정도로 밖은 어두웠고 버스는 산을 타고 돌며 계속 더 깊은 어딘가로 향했다. 여기서 30분쯤 더 걸렸던 것 같아, 하고 옆에 앉은 친구에게 말했다. 우리는 여행이 주는 새로움에 휩싸여서는 기꺼이 긍정적으로 듣고 말하고 생각했다. 30분 뭐 그 까짓거, 하고 싱긋 웃으며 친구가 두 손을 가볍게 들어 엄지를 척 세운 뒤 좌우로 흔들

며 '고속버스 춤'을 췄다. 배가 고팠고 슬슬 멀미를 할 것
만 같았지만, 그래, 까짓거 조금만 있으면 다 괜찮을 일
이었다. 나도 함께 두 손을 나풀대며 의미 없는 춤을 췄
다. 건너편에 앉은 두 친구들도 덩달아 손을 휘적휘적하
며 말도 안 되게 제멋대로 춤을 췄다. 그 모습을 힐끔 보
던 기사님이 입술을 씰룩여 웃다가 이내 표정을 고쳤다.
미처 덜 내려온 광대를 보며 우리도 함께 웃었다.

　　터미널에 내려 택시를 타고 한참 들어갔다. 급
하게 계획한 여행이라 가장 묵고 싶었던 숙소를 예약할
수 없어서 아쉬웠지만, 택시에 올라탄 넷은 지금 당장
어디든 좋으니 얼른 들어가 짐을 풀고 뭐라도 좀 먹고
싶었다. 마을에서 한참 안쪽으로 들어서자 어둠은 더
짙어졌다. 어둠 한가운데, 료칸이 있었다. 호스트의 친
절한 설명은 눈물 나게 고마웠지만 눈물 나게 주린 배
가 내 입에서 성급한 리액션이 먼저 나가게 만들었다.
소오데스까. 소오데스네. 앗, 와까리마스. 아리가또고
자이마스. 앗. 하이. 하이, 와까리마스.

　　서둘러 방에 짐을 풀고 손만 씻은 채 식당으로
향했다. 차려진 가이세키 정식을 음미할 겨를도 없이
배를 채웠다. 맛있는 음식들이 혀를 스치듯 지나 위장
을 조금씩 채웠다. 사케를 한 잔씩 하며 이 밤, 이 외진
곳에서도 무언가 재미를 찾기로 했다. 친구의 소원을

이뤄주기 위해 우리는 편의점으로 향했다. 해외여행이 처음인 친구는 여행계획을 세울 때부터 일본의 편의점이 가장 가보고 싶다고 했다. 작고 귀여운 소원과 다정한 동행으로 여행 첫날을 마무리하기로 했다.

비행기로 고작 한 시간 반 남짓. 한국의 겨울밤보다 훨씬 포근하게 느껴졌다. 마침 날이 좋아서였는지, 그냥 우리가 좋아서였는지, 남쪽으로 조금 더 내려와서였는지 알 수 없었지만 맛있는 음식으로 배를 채운 뒤 딱 알맞은 공기를 만나자 여행지의 기억에 빛을 더하기 충분했다. 불이 다 꺼진 거리를 걸으며 서로를 실컷 약 올리고 분해하고 그걸 보며 숨죽여 웃었다. "이런 데는 애인이랑 와야 하는데" 하는 철 지난 농담이라든가 "야 누구는 너네랑 오고 싶어서 왔냐" 하는 영양가 없는 반응 같은 것들을 주고받으며 우리가 확인하는 것은 그저 우리가 서로에게 충분히 익숙하고 적당히 잘 알고 있다는 사실뿐이었다. 그 테두리 안에서 시답잖은 이야기를 나누는 와중에 이따금 흥분을 타고 끼어드는 무례함마저 귀엽게 봐줄 수 있는, 사과하기 전에 이해하게 만들어주는 역사가, 우리 사이에는 있었다.

해도 의미 없고 안 해도 괜찮을 이야기들을 계속하며 길을 걸었다. 했던 이야기를 또 하는 것은 왜일까. 어째서 그건 매번 재미있을까 생각해보면 답은 늘 하나였다. 함께한 시간과 그 사이의 너를 내가 알기 때문에. 고민이 시작되었던 때와 고민이 지난 뒤의 당신이 다르고 그것을 지켜보는 나 역시 다른 나이기 때문에. 그리고 그 모든 변화에도 불구하고 우리가 함께이기 때문에.

– 아… 하늘 좀 봐.

누군가 말하자 다들 그 자리에 멈춰 섰다. 어둡다는 말로는 성에 차지 않을 밤길. 눈을 감은 듯 빛이 닫힌 하늘, 암흑을 걷고 별이 머리 위에 그득히 쏟아졌다. 연신 하늘을 향해 고개를 젖히며 별빛이 예쁘다 소리치는 친구들의 정수리를 가만히 보았다. 별보다 별을 보는 사람들이 더 반짝였다.

이미 바스러진 소행성과 과거에서 출발해 현재는 소멸해버렸을 빛에 사람들은 '별'이라는 예쁜 이름을 붙인다. 그리고는 하늘을 더듬어 관찰하고 감탄한다. 어떻게든 낭만을 덧칠하고 아름다움을 찾아내어 탄복하고야 만다. 추억을 뒤적이며 사이를 끈질기게 붙여나가는 너와 내 모습과 같았다. 애를 써서라도 곁에 두고 싶은 어떤 것들, 그사이에 묻은 대화, 기억을 가려내 추억으로 먹고사는 시간들 덕에 우리는 근근이 행복하다.

돌아오는 새벽은
아무런 답이 아니다

한참을 웃고 떠들다가도 갑자기 훅 기운이 빠지는 때가
있다. 그러면 더 이상 입을 열어선 안 된다는 걸 이제
안다. 내일의 기운을 당겨쓰는 순간 하고 싶지 않은 말
을 즐거운 척 내뱉게 된다. 그러니 나는 조용히 혼자가
될 시간을 기다린다.

결이 맞는 사람들과 같은 공간에 모여앉아 무해
한 말들로 해로운 것들을 이야기하는 일이 잦다. 아무
도 궁금해하지 않지만, 우리라서 즐거운 일들을 나눈
다. 그런 행복이 어느새 일상이 되었다. 얼마나 큰 행운
인지 또 얼마나 어려운 일인지 입을 여는 와중에도 충
분히 만끽하고 깨우치는 날들. 그런데 이상하게, 웃으
면서도 힘이 빠져 허탈한 순간이 종종 찾아온다.

반짝이는 이야기는 지켜보는 것만으로도 행복
하지만, 쉽사리 눈을 뗄 수가 없고 그렇게 지켜보다 보
면 조금씩 가지려는 욕심이 생겨난다. 욕심이 묻은 시

선은 많은 에너지를 소모한다. 그렇게 에너지를 소모하고 나서도 즐거움에 중독되어 자리를 뜰 줄 모르고 머무르다 보면 가끔, 하지 않아도 될 혹은 하지 않아야 할 말을 하곤 한다.

그런 순간이 가장 두렵다.

자기 전 침대 위에 올라 양팔과 다리를 자연스레 벌리고 눕는다. 반듯이 천장을 보고 누워 내 들숨과 날숨의 발소리에 집중한다. 눈을 감고 의식을 진공에 묶어두었다 풀면, 오늘 내가 했던 말과 행동과 표정이 떠오른다. 좀 더 신중히 전했어야 할 민감한 이야기도 있었고, 표정을 좀 더 감췄다면 좋았을 순간도 있었다. 전혀 즐겁지 않아서 내내 체한 기분이었던 공기도 들이쉬었고, 굳이 내보이지 않아도 됐을 나를 한숨으로 보내기도 했다. 그런 것들이 모여 하루가 된다. 가만 들여다보다 잠을 청하려 왼쪽으로 몸을 누이면 되레 눈이 말똥말똥해져서 한마디가 한순간이 하루를 한 마디로 결정지어 버린다.

즐겁지 않은 순간에 즐거운 척하지 않기를, 무례함을 무방비로 맞이한 채 흘려보내지 않기를, 결코 알 수 없는 당신의 과거를 내 멋대로 정의하지 않기를, 도처에 산재한 상처들 중 어느 하나도 가벼이 여기지 않기를, 혹여 그런 나를 마주하더라도 도망가지 않기를, 돌이켜봤을 때 결코 반갑지 않은 순간들을 다시는 반복하지 않기를, 반복되어 결국 나 자신이 되지 않기를, 기도한다.

수신인 없는 기도가 매일 거듭된다.

밤은 계속된다.

돌아오는 새벽은 아무런 답이 아니다.

말할수록 아무것도 아닐 것들

지금이 영원일 것만 같던 오만한 시절이었다. 길지 않은 생, 다 자라지 못한 마음을 한 채 나는 너를 마주했나. 같은 것은 같아서 다른 것은 달라서 운명이라 말했다. 그건 어쩌면 외면이었고 그땐 그저 사랑이었다. 언제나 서로가 전부여야 했고 함께하는 '지금'이 당연했다. 수년을 각자로 살다 찰나에 하나가 되려 했던 둘은 이따금 살갗 사이에 이는 불꽃에 놀라 멀찍이 떨어지기도 했다. 그리고는 그 거리감을 '우리'가 되어야 하는 이유이자 '우리'가 되기 위한 과정이라고 변명했다. 치기로 가득 찬 위로였고 그래서 더욱 공허했다. 그러나 그 공허한 시간들조차 낭만이었다.

무겁게 쏟아지는 사람들 틈에서도 너는 나를 금세 찾았다. 예고 없이 내 손을 잡아끌어 제 코트 주머니에 넣고도 정작 시선은 허공에 흩뿌리던 수줍음이 좋았다. 말 한마디에도 진심을 눌러 담으려 단어를 뒤적이던 마음은 우울한 새벽의 한 가운데 뜬금없이 나를 보듬었다. 드라마 속 이벤트를 엉성하게 흉내 내며 수줍게 웃던 너를 기억한다. 사실 그건 그때도 정말 우스운 일이었다. 술을 마신 어느 날 밤 다짜고짜 나를 찾아와 펑펑 울며 안기던 너를, 담담한 척하며 늘어놨던 이야기를 다시 울며 토해내던 너를 나는 사랑했다.

　　우리는 각자가 가진 것들 중 가장 좋은 것을 골라내어 쪼개고 또 불린 뒤 함께 했다. 무엇인가는 중요하지 않았다. 설명할 길 없는 것들이 더 많았다.

　　많은 것들을 오랜 시간 함께 했다. 지금까지 남아있는 것들은 그저, 내가 멋대로 저며낸 단편적인 몇몇 장면들, 그리고 어떤 장면을 쪼개어 떨어져 나온 찰나의 오감뿐이다. 네 어깨에 기대는 순간 버스 창문으로 들어오던 바람. 그 바람에 배어나던 가로수의 푸른 냄새. 손을 잡고 길을 걷다 귀에 걸린 음악이 궁금해 들어선 카페의 커피 향. 서로의 목에 코를 묻고 향수 냄새를 맡을 때 터지던 웃음. 손가락 사이에 손가락을 맞댈 때 지문 사이로 스며들던 서로의 삶. 지나가듯 말했지만 사실은 기억해주길 바랐던 튤립이 좋다는 한마디. 날 선 말을 내뱉고도 모로 누워 뻔뻔하게도 네 품을 파고들던 잠결의 이불 속. 그 안에서 언제나 당연했던 온기.

　　우연히 마주치는 엇비슷한 감각들이 나의 시공

을 과거로 이끈다. 기억으로 소환되는 모든 장면들 앞에서 할 수 있는 것은 다만 고요한 응시, 반복되는 추억, 결국에는 개인의 역사일 뿐인 토막들. 한 마디로 설명할 수 없고, 구구절절 길어져야 하는. 그러나 말할수록 아무것도 아닐 것들.

당신이 없는 나의 세상

그래서는 안 된다는 걸 알고 있습니다. 하지만 실은 가끔, 당신이 죽은 후의 세상을 상상합니다.

내가 이런 생각을 한다는 걸 알면 당신은 어떤 기분일까요? 매우 불쾌해서 다시는 나를 보지 않으려고 할까요, 아니면 왜 그런 생각을 하는 거냐고 물어올까요. 어떤 당신은 아마도 내게 공감을 표하기도 하지 않을까요. 그러면 우리는 자연스레 아주 긴 이야기를 시작하게 될 거예요. 하지만 그런 일이 일어나지 않을 거라는 건 잘 알고 있습니다. 누구에게도 이런 말을 하지는 않을 테니까요. 내 상상은 지나치게 이기적이어서 쉽게 당신에게 상처를 줄 겁니다.

당신을 너무 사랑하거나 너무 미워하는 일은 자주 동시에 일어납니다. 어쩐지 나는 그 간극에서 조금도 혼란스러워하지 않은 채 꼿꼿이 서서 모든 걸 따져보려고 노력합니다. 감정의 파도 한가운데 휩쓸리는 주제에 끝까지 이성적인 척하고 싶어 그런 것이지요. 그러다 닿는 곳이 바로 당신이 죽는다면, 하는 가정입니다. 언제부터였는지는 잘 모르겠습니다. 그냥 일어난 일입니다. 하다 보니 갈수록 생각은 잦아졌습니다. 나는 그만큼 쉽게 슬퍼집니다.

당신의 죽음이 어떤 식으로 이루어지는지 생각하지 않습니다. 그렇게까지 잔인할 자신은 아직 없습니다. 구체적인 무언가를 상상할수록 현실로 일어나는 게 아닐까 겁이 나기 때문입니다. 그러니까 내가 상상하는 것은 당신의 죽음이 아니라 다시 한번 말하지만, 당신이 죽은 후 '나의' 세상입니다. 멋대로 상상하는 주제에 오해를 사지 않으려는 나의 이기심까지만 이해해주세요.

부고를 전해 들을 때 나는 어떤 얼굴일까요. 소식을 듣는 순간의 당신이 어떤 당신인지 내가 어떤 나인지에 따라 다르겠지요. 하지만 대체로 비슷한 얼굴을 하고 있을 겁니다. 나는 당신을 너무나 사랑하고 또 너무나 미워해서 이런 몹쓸 상상을 하기 때문입니다. 곧바로 울음을 터트리지는 않을 겁니다. 특히나 내가 누군가와 함께 있는 상황이라면요. 나는 타인 앞에서 우는 일을 무척이나 어려워하는 사람입니다. 그러나 아마도 무너지는 머리를 안고 시선은 허공에 둔 채로 심장을 바닥에 쿵, 쿵, 하고 내리꽂고 있을 겁니다. 그것만큼은 확실합니다.

　　잠시 말을 잇지 못하다가 형체를 찾지 못하는 떨리는 목소리로 양해를 구하고 자리를 뜬 뒤 어딘가로 전화를 하며 급히 택시를 잡겠지요. 택시 기사가 목적지를 물으면 단번에 말하지도 못하고 웅얼웅얼 공기만 씹고 있을지도 모릅니다. 겨우 알아낸 목적지를 토해내듯 전하고 나서야 창밖을 보며 눈물을 풀어낼 겁니다. 가지고 다니는 손수건이나 휴지가 없으니 손등과 손바닥과 손끝을 번갈아 가며 옆으로 눈물을 훔쳐내겠지요. 젖은 손가락으로 자꾸 스마트폰을 만지작거릴 거예요. 문자와 전화와 연락처 앱을 켰다 껐다 반복하며 무얼 하고 싶은지 어쩌고 싶은 건지 아마 저도 모르는 채로요. 그러면서 나는 내가 우는지도 모를 겁니다. 자꾸 손으로 눈 주변을 만지다 보면 손은 아무렇게나 젖어 바지 허벅지 춤과 휴대전화를 함께 적시고 눈은 부어오르겠지요. 도착할 때쯤이면 이미 눈이 반쯤 감겨있을 겁니다. 택시 카드 단말기가 영수증을 뱉어내는 순간이 택시를 타고 움직이는 동안보다 훨씬 더 길게 느껴질 게 분명합니다.

　　이제 상상은 내가 오롯이 혼자 있을 때를 향합니다. 많은 절차와 절차 속에서 만나야만 하는 타인은 내게 중요하지 않습니다. 모든 상황들을 보내고 고요한 집으로 들어선 이후를 생각합니다. 커튼 사이로 들이치는 빛을 마저 닫아낸 뒤 손도 씻지 않은 채 이불 속으로 스며들어 갈 내가 보입니다. 그리고 천천히 그러나 선명하게 심장을 울려내 지진을 일으킬 겁니다. 턱 아래 울대가 찢어질 듯 고통스럽고 편도선에서부터 귓구멍으로 이어지는 여린 곳은 누군가 도려내려 하는 듯 아픕니다. 소리 내어 펑펑 우는 것은 잘해 본 적이 없으니 내가 상상하는 나의 가장 큰 울음은 그저 끄윽 하는 소리가 전부입니다. 그것이 수백 번 반복되는 동안 나는 왼쪽으로 웅크려 누워 두 눈을 누 무릎에 파묻고 있습니다. 관자놀이가 뻐근하고 온몸이 굳어오지만 아마 나는 모든 신체적 고통을 스스로 멈추지는 못할 겁니다.

이불을 걷어내고 좀 더 넓은 공간으로 시선을 옮기면 어떤 사물에든 당신의 이야기가 걸려있을 겁니다. 이제 나는 더 이상 당신의 부재를 피할 수 없음을 실감하고 더욱 절망하겠지요. 무용하게 느껴지는 나의 삶이 계속된다는 것, 어찌할 바 없이 그 사실이 당연하다는 것을 깨달아야만 합니다. 깨닫더라도 나는 현실에 완전히 닿지 못하고 일부러 괴로움에 투신하기를 반복하겠지요. 그런 날들이 계속될 겁니다.

괴로움과 부재에 익숙해진 날들은 상상해내지 못했습니다. 그런 건 아직 내게 너무 먼일이고 다행히 현실에서 당신은 내 곁에 있습니다. 당신은 화난 얼굴을 하고 있기도 하고 아무것도 모른 채 나를 잊고 있을지도 모릅니다. 나를 사랑한다고 말하기도 하고 침묵으로 무섭게 화를 내기도 하겠지요. 당신은 당신의 생을 살고 있고 나는 남몰래 당신의 죽음을 상상했습니다. 발칙한 상상의 끝에서 내가 확인하는 것은 당신에 대한 나의 지루한 사랑입니다.

순간에 속아 사랑을 저버리는 어리석음이 두렵습니다. 하지만 내가 사는 매일은 촘촘히 어리석고, 그 틈에서 탈출하는 일은 요원합니다. 나는 어리석음을 피하기 위해 또다시 어리석은 방식을 택합니다. 사랑하고 미워하는 일 중에 그나마 쉬운 일은 사랑이었습니다. 그러니 나는 당신을 사랑하려 당신의 죽음을 상상합니다. 상상 뒤에 따라오는 사랑은 뻔뻔하고 익숙하지만 당당하고 따뜻합니다.

이것이 나의 오늘치 핑계입니다. 이 모든 망상과 혼란의 이유는 모두, 사랑입니다.

우습지요.

손쉬운 도망

몸은 이미 오늘을 끝냈는데 머리는 생각을 하염없이 달리는 밤이 계속됐다. 밤이 되고 잠을 앞두면 앞선 빛의 시간이 다 무용하게 느껴졌다. 어디선가 주워듣기로 마그네슘을 복용하면 좀 나아진다기에 수많은 블로그를 뒤적여가며 얻은 할인코드를 가지고 해외 직구를 시도했다.

언제나 그랬듯, 애초 다짐과는 다르게, 필요한 것만 주문하지는 못했다. 종합비타민과 유산균, 간밤의 입 냄새도 미리 없애준다는 가글 등 있으면 좋고 없어도 그만인 것들을 한가득 주문했다. 주문하고 보니 한 번에 먹을 영양제는 총 다섯 알. 권장섭취량대로라면 하루 두 번을 그렇게 먹어야 했다. 크기는 또 어찌나 큰지. 한 알 크기가 새끼손가락 한마디보다 더 컸다. 대체 권장 대상이 누구이길래 이렇게나 많이씩… 아니, 이렇게 큰 걸 이렇게나 많이 먹으면 영양이 없을 수가 없지.

하고 궁시렁댔다. 훌륭하고도 미련한 현대인이 되었구나 하하하.

왼손바닥 가득 영양제를 쥐고 오른손으로는 머그컵에 물을 따랐다. 담은 물만큼 컵 바깥으로도 물이 맺혀 뚝뚝 떨어졌다. 절로 한숨이 나왔다. 이리도 피곤한데 잠에 드는 일은 어째서 또 어려운 일인지 모르겠다. 이렇게까지 해야 할 일인가 싶다가도, 그래, 생각해보면 뭐든 기본이 가장 어려웠다. 어려우니 또 중요했다. 먹고 자고 싸는 일에 쉬운 것이 없다. 다들 자연스레 눈을 감고 잠에 젖어 밤을 잊는 동안 나는 그들과 비슷해지기 위해 한 단계를 따로 더 살아내는 기분이었다.

영양제를 한 알씩 입에 넣어 물을 머금은 뒤 뭐 대단한 결심이라도 한 양 꿀꺽 삼켜 넘긴다. 한껏 열어젖힌 목구멍 사이로 미끄덩하고 하나씩 넘어갔다. 두 번째 영양제를 삼키며 생각했다. 밤을 새우다 직구를 하고 영양제를 사 먹으며 투덜대는 시간에 운동을 하면 되지 않을까? 답을 구하는 질문은 아니었다. 언제나 운동은 최소한, 다른 노력은 최대한으로 하는 미련한 모양새를 바꾸기는 어려웠다. 아아 누구를 탓하리. 나만 쓰레기야? 아니잖아요!

곧 스스로가 구차해 시무룩해졌다.

소파 옆 한편에 쌓아둔 책더미를 바라본다. 친

구는 아슬아슬 탑을 이룬 나의 책을 보더니, 세상에 가족들이 너를 참 많이 사랑하는 것 같다고 했다. 포기도 사랑이라면 그저 감사할 따름이지. 이 작은 집에서 이곳은 유일한 나의 공간이었고 지독하게 배타적이었다. 나는 그 위안을 포기할 생각이 없었고 가끔 일부러 더 엉망으로 쌓아두었다.

어제는 신나게 읽어 내렸던 책이 오늘은 괜히 낯설어 다른 책을 꺼내 든다. 오늘은 사회의 소리가 아닌 누군가의 이야기에 감기고 싶다. 그것이 현실이든 상상이든 상관없었다. 골치 아픈 일 없이 멀리 떠나고 싶은 밤이었다. 책 속에서만 살아 숨 쉬는 누군가의 이야기는 내게 아주 간편한 위로였다. 책을 펼친 동안만 몰입하고 덮는 순간 가볍게 벗어날 수 있는.

탈칵, 거실 전등을 껐다. 어둠 속에서 한 발 한 발, 왼쪽 엄지발가락이 오른쪽 발 뒤꿈치에 닿을 정도로 잔걸음을 걷는다. 러그를 밟고 소파 프레임을 손끝으로 더듬어 슬금슬금 따라내려 간다. 손가락이 닿자 그 자리에 서 있던 스탠드가 반짝 제 자리를 알렸다. 등과 허리를 패브릭 쿠션으로 받치고, 가죽 쿠션 하나를 끌어와 무릎 위에 얹은 뒤 책을 올려둔다. 그리고는 빛이 그려낸 원 안에 무릎을 등을 목을 동그랗게 말아 넣는다. 책 표지의 모서리를 손끝으로 당겨 다른 세상을 열었다.

　　당신이 만들어낸 누군가가 저기 달려간다. 나는 가만히 앉은 채 곁을 달린다. 당신은 생각하고 누군가는 생각을 따라 소리치고 뛰어다녔다. 크고 작은 소란이 활자의 세계를 흔드는 동안 나도 그곳에 있다. 누군가가 말하는 동안 나는 숨을 참는다. 나는 거기에 있고 동시에 아무것도 아니다. 들숨과 날숨이 아무도 모르게 행간을 가로질렀다. 어느 순간 나는 여기가 아닌, 저기에 서 있다. 당신과 나만이 남은 세상에서 비로소 찾은 망각. 손쉬운 도망. 사색의 반복. 안전한 귀환. 이어지는 자유. 공유되는 추억.

　　나를 강요당하는 날이 있다. 나는 내게 종종 질식한다. 마주할 자신보다 피해갈 의지가 더 큰 '어른'이 되어버린 지금, 나를 위한 일이랍시고 하는 일은 기껏해야 영양제를 몇 알 챙겨 먹고 간편하게 책 속으로 도망쳐버리는 일이 전부다. 뻔뻔하게 나를 외면하는 순간들. 종이와 활자 사이로 나를 숨기는 밤이 잦다. 숨바꼭질에 지쳐 책을 덮을 때 비로소 하루를 닫아낸다.

문 너머

순간마다 다른 나를 받아들이는 일은 늘 힘들었다. 나는 일순을 기점으로 계속 변덕을 부리며 변하는데 나를 힘들어하는 일만큼은 변할 줄을 몰랐다. 갈등하고 선택했다가도 곧 후회하며 비겁한 생각을 일삼았다. 변덕을 일삼는 일상이 지긋지긋했다. 그런 게 삶이라고 다들 말했다. 그렇다고 해서 한 문장으로 정의되지 않는 스스로를 지켜보는 일이 쉬워지지는 않았다. 오히려 '나도 그래'라는 말들이 나를 더 진창으로 빠트렸다. 정말일까. 정말 너도 나와 같은 감도의 자기경멸을 느끼면서 살까. 의심하고 경계했다. 그러면서도 네 말들이 사실이 아니길 바랐다. 엉망인 것은 나 하나로 족했다. 언젠가는 돌아갈 수 있기를 바랐고 그래서 당신들은 나와 다르기를 바랐다. 타인을 내 멋대로 정의내리는 건 이토록 쉬웠다.

　　방금 전의 나조차 이해할 수 없는 시간을 살면

서 터득한 것은 나를 감추는 방법뿐이었다. 오래도록 커다란 인형 탈을 쓰고 사는 기분이었다. 말은 안에서만 맴돌다 가야 할 곳에 닿지 못하고 내 안에 주저앉았다. 먼지처럼 쌓인 자의식들이 호흡을 타고 몸 안을 도는 동안 시선은 채 출발하기도 전에 눈꺼풀에 막혀버렸다. 검고 무거운 것들을 끌어안고 사느라 당신보다는 나를 다스리기 바빴다. 그러니 적당하다는 게 무엇인지, 그 온도가 어디 즈음에 있는지 가늠하는 일은 매번 힘들었다. 어쩌면 그런 건 내가 할 수 있는 일은 아닐지도 몰라 하고 밤을 더듬다 지쳐 곯아떨어졌다.

늘 불편했다. 짐짓 시선을 저 멀리 두었다가도 자꾸 가는 눈길과 마음을 어찌할 바 몰랐다. 방황하는 소리가 귓가에 웅웅 울렸다. 그래도 그렇게 살았다. 세상보다는 나를 외면하는 쪽이 훨씬 더 간편했다. 감추고 참고 침묵하며 지내는 것이 삶의 미덕인 줄 알았다. 내가 아는 것은 내 생각뿐이라 방을 만들고 연신 문 위로 문을 덧대었다. 나 아닌 나를 문지기로 세웠다.

그런데 이상했다. 생각을 감정을 고민을 슬픔을 기쁨을, 마음에서 이는 모든 것들을 되도록 숨기려 애쓰며 지냈지만, 세상은 이따금 내게 지나치다고 말했다. 알 수 없다고 했다. 극단적이라고 했다. 예민하다고 한다. 어째서일까. 쌓아두었던 감정이 문틈 새로 가스처럼 새어 나가며 악취를 풍긴 것일까. 악취의 책임은 누구에게 있나. 다시 안으로 생각을 게워냈다. 다른 방향이 있다는 건 인지하지 못했다. 그래야 했다. 그래야만 지난 시간을 정당화할 수 있었다.

맴도는 악취는 환기만으로 사라지지 않는다. 벽을 닦고 바닥을 문지르고 나를 씻어내고 한참을 기다려야만 사라진다. 그동안을 참아낼 수 없어 눈을 감고 각오를 쥔 채 맨몸으로 밖을 향했다. 온몸에 묻어 나온 냄새가 새어나간 자리로 가끔 빛이 들었다. 어둠보다 더 잔인한 것이 한 줄기 희망이었다. 빛을 탐하다가도 흠칫 물러서는 날들이 이어졌다. 빛이 열어둔 길 위로 누군가 문을 두드리는 소리가 걸어왔다. 문틈 새 먼지 아닌 다른 것들이 앉았고 악취 아닌 공기가 드나들었다. 작은 균열. 바깥에서 희미한 덩어리 형태로 들리는 사람들의 소리에 손잡이를 잡았다 놓기를 반복했다. 비가 오는 소리만으로도 목을 축였다가 이내 차가운 마음으로 얼어붙고 또 녹기를 여러 번, 물기가 들어선 자리가 뒤틀리고 팽창했다. 더 이상 무시할 수 없었다.

가까스로 열린 문으로 내 안에 들어찬 어둠을 내보이며 부러 몸집을 부풀렸다. 이래도 괜찮을까, 여전히 당신들의 세상을 의심하기만 했다. 악취는 바람을 만나서 과거의 순간이 되었다. 입자가 흩어지고 세상

곳곳에 스며들어 존재를 감각할 수 없다. 세상은 그대로였지만 제 나름의 분열을 쉴 새 없이 계속했다. 미처 몰랐던 사실이었다. 스스로를 정의하려다 못해 세상을 하나로 규정하던 간오함이 나를 닫고 있었다. 문지기는 나였다. 분열의 틈에 스며들어 비로소 숨을 쉬었다. 나는 이 틈 속에서 행복할 수 있을 거야, 또다시 오만하게 말을 뱉었다. 그러나 그 전과는 다르게 행복했다.

추락함으로써 쌓여가는 풍경 한가운데,
멀찍이 스치는 달빛에도 눈은
제 본연의 물성 안에 스며든 빛으로
환히 답했다.

봄

봄, 눈

3월을 봄이라 부르는 건 어쩌면 기만인지도 몰라. 자주 그렇게 생각했다. 4월이 끝나갈 때쯤에야 겨우 내복을 벗는 나에게 3월은 여전히 춥고 외로웠다. 춥고 외로운 건 역시 겨울의 몫이 아닐까. 3월을 한 해의 애매한 초반에 두고서 봄의 계절로 일컫는 건 그저 긴 겨울의 끝을 조금 더 포근하게 불러서 사람들이 남은 추위와 외로움을 마저 잘 버텨내도록 돕는 거라고, 그저 세상의 마지막 친절함일 뿐이라고 일기를 썼다. 2월의 마지막 날이 막 끝나가던 참이었다.

　　자정을 넘어 막 3월이 되었다. 일상의 소음이 땅 아래로 무겁게 내려앉았다. 빗소리가 잦아들자 자동차의 바퀴가 젖은 도로 위를 딛는 소리만이 이따금 크게 울렸다. 굴러가며 내질러서야 겨우 느껴지는 도시의 생동은 낮의 것과는 매우 달라서 가만히 침대에 누워 듣고 있자면 마치 계획 없이 먼 나라에 온 것처럼 낯설었다. 사람들은 모두 산발한 의식을 이불로 덮어두고 잠들었다고 고요가 내게 말했다. 홀로 덩그러이 깨어 있는 기분도 썩 나쁘지는 않았다.

바람이 부는지 창문과 창틀이 덜컹, 마주치며 가벼운 소란을 만들었다. 그리고는 작은 진동이 소리를 흉내 내며 창밖을 맴돌았다. 부는 바람 사이로 차분히 깃드는 진동의 멜로디가 익숙하면서도 낯설었다. 간밤의 일기예보가 떠올랐다. 설마 하는 마음으로 침대 왼쪽으로 몸을 굴려 바닥에 발을 딛어 일어났다. 가습기로 촉촉해진 장판이 발바닥을 붙잡았다. 바람은 스타카토처럼 톡톡 창문을 건드렸고 빗소리는 이제 더이상 들리지 않았다.

신발장 한쪽에 숨어있던 우산을 꺼냈다. 자주 쓰던 가벼운 우산은 모두 잃어버린 지 오래였다. 딱 하나 남은 새까만 장우산은 제자리에서 가만히 시간만을 입은 채 녹슬어 있었다. 그래도 제가 누구인지는 잊지 않았는지 버튼을 누르자 잠시 멈춰 끼익 소리를 내더니 곧 팡하고 펼쳐졌다. 잠깐 산책하는 데는 무리가 없겠지. 수면 바지를 입고 맨발로 슬리퍼를 신은 채 낡은 우산을 어깨 위 모로 얹어 밖으로 나섰다.

기대한 풍경이 기대대로 펼쳐지고 있었다. 세상 모르게 찾아온 하얀 눈은 우산 위로 내려앉았다. 우산

아래 선 내게만 겨우 들리는 조우의 탄성. 잇몸을 감아도는 물의 소리가 아닌, 윗니와 아래 사이에서 질감으로 드러날 감각으로 닿는, 사박사박.

우산을 걷고 머리 위로 눈을 맞았다. 거리 위 나태하게 선 가로등 불빛 아래로 희미하게 이어지는 눈송이의 산책을 따라갔다. 이른 내일과 늦은 오늘의 사이에서 시작된 3월의 눈이었다. 뒤꿈치에서 발가락까지 빈틈없이 눌러 걸었다. 얕게 쌓인 눈 위로 발자국이 외로이 남았다. 정작 발자국의 주인은 외로워서 즐거웠다. 아무도 걷지 않은 눈길을 걷는 건 세 살 때나 서른 살 때나 즐겁기는 마찬가지였다. 허공을 맴돌며 천천히 내려앉는 눈송이를 가만히 바라보다 보면 가로등 불빛과 만나 눈을 감아도 궤적을 더듬을 수 있었다. 발아래 느껴지는 냉기는 아무래도 좋았다.

차가운 시절 속에서 더욱 선명할 눈송이. 낮은 담장 위에는 얼음도 눈도 아닌 것들이 몸을 뭉쳐 한 데에 모여있었다. 무엇도 아닌 것들이 무엇보다 새하얗게 빛났다. 돋아나던 새싹 위에 앉은 눈송이를 바라보다 눈을 깜빡이자 이내 모른 척 사라져있었다. 사라진 곳 위로 다시 눈이 제각기 소리와 형태로 쌓였다. 불규칙한 반복. 그 어떤 의도도 없는 자연의 반복은 사람을 쉽게 홀려버린다. 한참을 빠져있다 문득 고개를 돌려 다시 세상을 마주하자 눈송이가 시야를 가득 메우고 있었다. 각자 사라지고 흩날리던 눈송이는 이제 하나의 풍경이 되어 세상을 포근히 덮어냈다.

시작이 짐작될 뿐인 수많은 눈송이. 하나씩 제 미미한 빛을 보태어 서로를 품었다. 제자리에 발이 묶인 채 가만히 빛을 내는 가로등은 눈의 흔적을 되레 희미하게 만들었다. 추락함으로써 쌓여가는 풍경 한가운데, 멀찍이 스치는 달빛에도 눈은 제 본연의 물성 안에 스며든 빛으로 환히 답했다.

겨울의 추위 안에 묻어두기에는 애틋한 장면. 충분히 고요해서 넘치게 아름다운 이 순간에 무책임하게 기대어, 우선은 3월을 봄이라고 불러볼까. 방금 쓴 일기를 조금 무색하게 만들어볼까. 3월 1일 일기에는 모른 척 한 번 써볼까. 눈과 함께 봄이 찾아왔다고. 자꾸만 안으로 향하는 모든 미움과 후회와 미련과 외로움을 조금 옆으로 밀어놓고 모른 척 조금 일찍이 봄으로 향해볼까.

봄과 눈과 나와 밤, 그리고 3월.

지나간 일기

3월 31일

종점에서 종점으로 출근하는 오늘. 남들과는 조금 다른 출근 시간을 가진 터라 웬만해선 승차하는 이가 많지 않다. 게다가 코로나바이러스로 이전만큼 사람들의 이동이 활발하지 않은 요즘은 대개 나와 기사님이 이 커다란 버스에 탄 전부다. 출발 직전 아슬아슬하게 올라타 카드를 찍고, 세월과 손때를 타고 잔뜩 낡은 좌석 위로 털썩 엉덩이를 떨어트려 앉으면 기사님은 슬그머니 버스 앞문을 닫고 뒤를 살펴본다. 더는 올라타는 사람도, 사이드미러 안에서 허겁지겁 달려오는 사람도 없는 걸 확인한 기사님은 조금 즐거운 얼굴로 라디오 볼륨을 살포시 올린다.

그 덕에 중년 남성 디제이가 별 말 같지도 않은 말을 제 딴엔 재치랍시고 늘어놓는 걸 고스란히 들어야 한다. 청취자와의 대화 코너에서 여성 청취자가 전화를 받는 순간이면 대부분 방송은 이런 식으로 흘러간다.

한 옥타브 올라간 목소리로.

"어이쿠, 여자분이시네. 나이가? 어휴 쉰다섯이요? 목소리만 들으면 이십 대인 줄 알겠어."

갑자기 말을 놓기 시작한다.

"아 나는 또 처녀가 우리 방송을 왜 듣나 싶으면서도 설레가지고 물어봤지 뭐예요. 어떻게, 자식들은 다 장가 시집을 갔고? 에이, 요즘은 왜 이렇게 딸들이 시집을 안 가나 몰라!"

언성이 높아지신다.

"그러니까 나라가 저출산으로, 에? 난리가 나는데 말이에요, 그죠? 그래도 자식이 셋이라니까 애국했네. 출산으로 애국해가지고 지금은 뱃살이 부자려나? 껄껄껄. 아, 농담이에요. 요즘은 이런 말 하면 안된다고 하더라고? 껄껄."

저 혼자 여유롭다.

"농담인 거 알죠? 뱃살 말고 집을 사야지. 집."

즐거움이란 지극히 주관적이고 또 나약한 것이어서, 같은 멘트를 듣고도 있는 힘껏 얼굴을 구겨 인상을 찌푸리는 나 같은 사람과 봄날의 햇살만큼 해사하게 웃는 기사님이 시공을 공유하는 일이 적어도 일주일에 세 번은 일어나고야 마는 것이다. 세대 차이라고 퉁치고 넘어가기엔 너무나 촘촘한 이질감이 한꺼번에 밀려오는 순간. 여러모로 마스크가 고마운 날들이다. 에어팟을 귀에다 욱여넣고 볼륨을 한껏 올려본다. 비트가 잠깐 비는 틈새마다 저들의 재치가 나를 반긴다. 노이즈캔슬링 이어폰을 사고 싶다고, 그때 처음으로 생각했다.

조금 열어둔 버스 창문 틈새로 들이치는 바람을 얼굴로 맞으며 청춘을 만끽… 하는 것은 지난날 드라마 속에만 남은 그림이다. 사실 공단 도시의 현실은 꽤나 팍팍하다. 공장 사이사이 겨우 구색만 갖춰놓은 나무들을 보며 숨통이나 트이면 다행. 이제는 제법 오래된 역사를 가진 도시가 된 만큼 가로수는 그야말로 아름드리 나무가 되었지만 해마다 가지치기 당한 모양새는 처량하다. 마치 만화 검정 고무신의 주인공 기영이의 머리마냥 들쭉날쭉 잘려있다. 그나마 코로나바이러스를 이유로 중국의 공장들이 가동을 멈춘 탓에 미세먼지 없이 하늘은 깨끗하다. 이걸 덕분이라고 해야 할지. 하나에 감사하다가도 수많은 것들에 죄책감을 느끼며 산다. 그래야만 하는 시대다.

4월 2일

오랜만에 친구들과 함께 식사를 했다. 테이블 위에 올려둔 와인 두 병은 처음 모습 그대로 자리를 지킨 채 미지근해져 갔다. 웃음과 이야기가 와인병에 달라붙어 송골송골 물방울로 남았다. 했던 이야기를 또 꺼내고 웃어온 만큼 다시 웃어도 시간은 잘만 흘렀다. 저마다의 근심을 남몰래 걱정하느라 서로의 짐을 사서 드는 마음이 애틋했다. 시끌벅적한 회동 끝에 방안에 덩그러니 적막과 나만 남았다. 그때, 조금 이른 새벽이 시작된다.

친구들의 얼굴을 떠올리고 나서야, 이토록 날카로운 날들일지라도 잘 살아내고 싶어진다. 외로운 건 아무렇지 않다고 큰소리 치는 내게, 조용히 다가와 말과 글을 건네는 사람들이 있다. 선뜻 내가 잘못되었다고 말해주는 친구들이 있다. 무턱대고 타인을 응원하는 일도, 다짜고짜 당신을 멈춰 세우는 일도 어마어마한 용기가 필요하다. 그런 용기는 사랑이 아니고는 설명될 수 없다. 다정이 병인 때가 그러지 못한 때보다 나았다. 다정을 깨닫고서야 외로움을 제대로 감각할 수 있게 된다.

수고했어, 잘했어라고 옹골찬 마음으로 내게 말할 수 있는 사람이 되고 싶다. 타인에게 사랑한다 말해놓고 괜한 민망함에 뒤늦게 진심을 깎아내리는 사람은 되지 말아야지. 돌풍에 내리는 꽃비를 보면서 태연하게 죽음을 연상하는 나를 더는 싫어하고 싶지 않다. 공기처럼 흘러들어오는 과거에 대한 원망을 모른 척하고 싶지 않다. 어쩔 수 없이 내가 되어버린 지난 시간을 더는 미워하고 싶지 않다. 다정한 이들이 머물다간 후엔 늘 더운 마음으로 머리가 차다. 이따금 물방울로 남는 온도 차가 오늘도 나를 손톱만큼 키워낸다.

4월 3일

낮밤이 바뀐 탓에 요즘엔 정오가 돼서야 눈을 뜬다. 암막 커튼을 쳐놓고도 그 시간엔 꼬박꼬박 깨어나고 있으니 이걸 다행이라고 해야 할까. 커튼을 걷고 창문을 열고 명상 음악을 튼다. 요가 매트를 굴려 펼친 다음 반듯이 눕는다. 고개를 도리도리, 손을 쥐었다 폈다, 발목을 늘였다 당겼다… 30분 정도 몸을 풀고 나면 땀이 밖으로 나올까 말까 타이밍을 재고 있는 것 마냥 피부가 촉촉해진다. 그러면 나는 천천히 일어나 베란다에 멍하니 서서 사람들을 구경한다. 그러다 스마트폰을 찾는다. 다시 침대에 삐딱하게 누워 확인하는 것은 잠든 새 늘어났을지 모를 코로나 확진자 수.

　　세상만사 당연한 건 아무것도 없다지만 그래도 이렇게 한순간에 일상을 빼앗길 줄은 몰랐다. 달라지지 않은 건 기상부터 요가까지의 루틴뿐이다. 수입이 3분의 1로 줄어든 와중에, 과거의 내가 작금의 사태를 꿈에도 상상하지 못한 채 펑펑 쓴 지난달 카드값과 꾸준히 소박한 통장 잔고가 환장의 콜라보레이션으로 나를 옥

쥔다.

상황이 이렇게나 혼란스러운데도, 사회적 거리두기 3주 차를 지나자 슬슬 카페에 앉아 하릴없이 시간을 허비하고 싶어졌다. 마스크를 끼고, 선글라스도 착용하고, 앱으로 커피도 미리 주문해놓고 천천히 걸어가 카페에 도착하자마자 사람 사는 것 다 똑같다는 말을 눈으로 확인했다. 카페 밖에선 드라이브스루로 커피를 찾아가려는 차량이 도로 한 차선을 가득 채우고, 문을 열고 카페로 들어가자 사람들이 저마다 주머니에 손을 찔러넣고 마스크를 낀 채 카운터 앞에서 발을 동동 구른다.

이렇게나 귀여운 사람들. 좀 건방지게 그런 생각을 했다. 지난주 이 근방을 지날 때만 해도 놀라울 정도로 한산했다. 늘 왁자지껄 붐비던 매장이라 괜히 서운함을 느끼며 언제쯤 이 사태가 잦아들까 싶었던 것이다. 팬데믹이 전 세계를 삼키는 와중에 확진자 증가 추세가 조금 잠잠해지자마자 다들 '일상'으로 떠올린 것이 커피 한 잔이라니.

커피를 들고 카페 밖으로 나섰다. 팔꿈치로 힘겹게 무거운 문을 밀어내고 바깥으로 나오니 때마침 돌풍이 불었다. 바람결을 따라 꽃잎이 우수수 쏟아졌다. 아이들도 어른들도 우와 하고 제가 낼 수 있는 가장 순수

한 소리를 냈다. 마스크가 없었다면 아마 거리가 살짝 울렸을 텐데. 그리고 그 소리를 듣고 다들 한 번 더 웃었을 텐데. 매해 찾아오는 풍경에 매번 설레는 사람들이 만든 화음이 일상을 부르는 것 같아 마음이 놓였다.

이제 우리의 일상은 결코 그 전과 같지 못할 것이다. 전혀 다른 삶을 준비해야 한다. 다만 되찾지 못할 지난날의 당연함을 그리워하는 마음은, 세상의 혼란이 내 것이 되지는 않길 바라는 마음은, 이 모든 순간이 지나가길 기다리는 마음은 모두 같겠지. 아무것도 장담할 수 없는 시대를 여는 동안 그래도, 다들 커피 한 잔의 일상만은 꼭 지켜낼 수 있기를, 나는 바랐다.

Y로부터

어느 일요일 밤, Y로부터 연락을 받았다. 며칠 뒤 도착한 청첩장에는 짧은 편지가 적혀있었다. 그 밤 내내 나는 내게 사과하고 Y에게 감사했다.

가까운 사이는 아니지만 무작정 응원하고 싶은 사람들이 있다. 아무 이유 없이 문득 그들의 안부가 궁금해지는 때가 있다. 최근 가장 자주 하는 고민은 무엇인지, 요즘은 즐겨 보는 영화는 무엇인지, 꽂혀있는 음악은 어떤 곡인지, 앞으로 어떤 삶을 살고 싶은지, 너와 내가 지난날 나눈 대화를 혹시 기억하고 있는지, 혹시 가끔 그때를 떠올리곤 하는지, 많은 것이 한꺼번에 궁금하다.

그럴 때면 새삼 SNS의 존재가 고맙다. 굳이 직접 안부를 묻지 않아도 어떤 마음으로 어떤 생각을 하며 삶을 꾸리고 있는지 어렴풋이 알 수 있으니까. 여전히 고양이를 좋아하고 커피를 즐기며 일상에서 사랑을 포착해서 사진으로 남기길 좋아한다는 사실을 확인한 뒤, 조금 쑥스러운 마음으로 하트를 누른다. '여전히 네 사진과 짧은 글이 참 좋아' 하고 에둘러 전하는 게 지금 내가 할 수 있는 가장 적극적인 표현이다.

가끔은 그런 뒤에 메시지가 오기도 한다. 메시지 뒤에 숨은 익숙한 쑥스러움이 참 달다. 오랜만에 극장에 갔다가 재개봉한 영화를 봤는데 불현듯 내가 생각났다는 말에는 어떻게 답장해야 할지 한참을 고민하게 된다. 이 고마움과 반가움을 담백하면서도 온전하게 다 전하고 싶어서 고민하다 보면 시간만 자꾸 흘러 마음이 급해져서는 결국 '정말 고마워, 나도 네가 보고 싶어, 잘 지내니?' 같은 뻔한 말로 답장하고 만다. 그리고는 계속 후회한다. 좀 더 잘 표현할 수 있었을 텐데 하고. 하지만 나는 안다. 언제 연락이 오든 나는 결국 그런 답변밖에 못 할 것이다. 그래도 꾸준히 내 안부를 궁금하게 여겨주는, 조금 멀지만 아주 다정한 사람들이 있다. 그건 어째서일까? 아직 답을 찾지 못했다.

모두의 과거인 '한창 어릴 때'에 만나 내가 마음을 열었던 사람들은 (당연하게도) 어디 한 구석이 나와 꼭 같은 이들이었다. 취향이나 성향 혹은 상처의 결이 같은 이들. 인생, 언제고 어디서고 쉽게 단정할 수는 없는 일이지만 함께 있을 때 편안한 이들의 얼굴을 쭉 둘러

볼 때마다 나는 단언하곤 했다. 끼리끼리네. 누구 하나 무엇 하나 같을 것 없는 세상 속에도 경향성이 있는 것은 분명했다. 우리는 모두 서로를 배려한답시고 지나치게 조심하는 바람에 한 번씩 삐걱대곤 했다. 서열주의의 존재감은 인정하지만 거기에 매몰되는 삶을 기피했다. 어떻게든 작은 것 하나에서도 의미를 찾으려고 애를 썼다. 짧은 영화 클립 하나를 보고도 각자의 시각을 나누길 좋아했고 뭘 알아서라기보다 되레 몰랐기 때문에, 그러나 더 알고 싶었기 때문에 용감할 수 있었다.

온 세상이 '쿨'이라는 단어로 다정함마저 하찮은 것으로 매도해버릴 때 우리는 남몰래 울적해했고 조용히 서로에게 손편지를 쓰거나 책을 선물했다. 남들이 들으면 퍽 낯간지러울 말도 약간의 술과 용기만 있으면 서슴없이 전하곤 했다. 그렇게 진심을 전해 받고 나면 차마 술기운으로 씻어내지도 못한 채 꼭 쥐고서 발간 얼굴로 며칠을 곱씹으며 몇 날 밤을 감사해하기도 했다.

나는 대체로 나를 사랑하지 못하는 사람이었지만 그런 이들과 마음이 맞아 서로의 치부를 내어놓고 함께 울고 웃는 나를 발견할 때만큼은 내 자신이 꽤 괜찮은 사람이라고 착각했다. 그 착각이 때로 나를 살게 만들었고, 아주 잠깐은 나도 나를 사랑할 수 있었다.

Y는 내게 그런 이들 중 하나였다. 우리는 분명 다른 점이 많았다. 서로를 다 드러내며 가까워진 경험도 분명 없었다. 그러나 시끄럽고 즐거운 한 때를 함께하다가도 갑자기 조용히 표정을 굳히는 Y를 볼 때, 나는 어쩐지 그 마음을 완벽히 이해할 수 있었다. 내가 Y를 이해했음을 Y 또한 한 마디 말없이 알아챘다. 쥐고 살던 예민함의 수위가 비슷했다. 그것은 더없이 중요한 동일성 중 하나였고 타인을 쉽게 경계하던 나도 Y에게는 어쩐지 조금 쉽게 내 속을 털어놓고 또 이해했다. 서로를 딱 서로만큼 아끼고 적절히 조심하며 함께 웃을 수 있는 사이, 라고 멋대로 단정했다. 그 애매한 안정 속에서 서로를 응원하는 일이 좋았다.

내게 없던 반짝거림이 Y에게는 있었다. 귀여움이라든가 순진함같은 안이한 단어들로는 표현할 수 없는 울림이었고 꽤 자주 나는 그것들을 부러워했다. 조용히 상대를 다 품어주는 듯한 미소를 짓다가도 결코 용납할 수 없는 무례 앞에서는 아무 말을 하지 않는 강단을, 무표정을 보일 수 있는 용기를 가진 사람이었다. 20대 초반 여성이 그런 용기를 가지는 건 생각보다 쉽지 않은 일이다. 나는 늘 그걸 말로만 하는 사람이었고 Y는 떠들기보다 행동으로 보여주는 편이었다. 부러웠다. 빈수레가 요란했던 나에게 지치기 시작한 게 바로 그때였다.

Y에게 너의 그런 점이 정말 좋아, 배우고 싶어, 하고 말로 전하기보다 가만히 지켜보는 게 좋았다. 굳이 전하지 않아도 알고 있을 테니까. 알고 있다고 해도 개의치 않을 사람이므로. 나는 Y가 늘 행복할 수는 없어도 대체로 즐거운 삶을 살기를, 그래서 그 빛을 잃지 않아주기를 혼자서 바랐다.

그런 내게 Y의 편지가 말했다.

당신의 생각, 글, 삶의 방식을 언제나 마음으로 응원한다고. 어떤 형태의 삶을 살든 어쩐지 참 당신답다고.

그 밤 내내 나는 내가 그간 홀대해 온 나의 삶에게, 그리고 나에게 쉴 새 없이 사과했다. 훌륭하진 않아도 이만하면 삐뚤빼뚤 그러나 그럭저럭 잘 빚어온 게 아니냐고 처음으로, 진심으로 생각해봤다. 이 묵직한 극찬에 어떠한 기대도 바람도 없었음을 안다. 곱씹을 때마다 내가 더 작아지는 칭찬이었다. 내가 작아질수록 내 삶은 더 커보여서 아, 조금 더 살아봐도 괜찮지 않을까 하는 마음에 이르렀다.

오랜만에 진심을 다해 누군가의 행복을 빌었다. 쑥스럽거나 혹은 미안한 마음에 말로 다 하지 못하는 응원을 당신에게도 전한다. 여기, 잘 알지도 못하면서 무작정 당신의 행복을 바라는 내가 있다고. 그러니 모두 조금은 즐거워져도 괜찮을 거라고. 당신을 응원하는 바람에 내가 더 행복해졌다고.

중간이 없는 사람

중간이 없는 사람. 나는 스스로를 그렇게 말한다. 내가 그런 사람이라는 건 초등학교 고학년때쯤 깨달았다. 내가 하는데 왜 너는 안 돼? 라고 말해버릇했다.

'나는 고작 이것밖에 안 되는 사람인데도 이걸 해내는데, 나보다 더 멋지고 빛나는 너는 왜 이걸 해보지도 않고 포기하는 거야?' 하는 의미였지만, 그렇게 들렸을 리 없다. 잘 설명하는 재주도 기다리는 재주도 없었다. 내가 그런 마음을 가지고 있다는 건 나도 설명하지 못하고 머릿속 구름으로만 가지고 있었다. 문장으로 정리한 건 아주 나중의 일이었다. 말은 그저 내뱉으면 그걸로 끝인 줄 알았던 때였다. 게다가 타인과 나의 상태가 '다르다'는 걸 받아들이기 힘들었던 사춘기 시절 유난히 나는 그런 말을 많이 했고, 아주 쉽게 오해를 샀다. 그걸 오해라고 할 수 있을까. 서툰 표현과 서툰 이해 사이에서 당연히 일어날 수 있는 다툼이, 늘 내 주변에 있었다. 많이 싸우고 따돌려졌다. 어떤 경우에서건 따돌림은 용납될 수 없겠지만… 사실 그때의 나는 나조차 가까이 하고 싶지 않은 타입이었다. 상처를 준 건 나인데 왜 내 마음을 몰라주냐며 우는 것도 나였다. 뭘 몰라서 용감하기만 했던 어린 시절, 타인에게 상처를 주는 일과 내가 상처받을 일을 만드는 데 능했다.

그렇게 겸손인지 자만인지 모를 상태에 머물렀다. 꽤 긴 시간동안 뜨거운 온도를 원동력으로 열심히 움직였다. 덕분에 많은 기대를 충족시키며 살았다. 그러나 성장할수록 기대를 빙자한 의무들은 더 무거워졌다. 그럴수록 아득바득 완벽해지려 애써봤지만 노력에도, 노력이 현실에 반영되는 것에도 한계가 있었다. 나는 아팠고, 아픔을 잘 견뎠다. 아픔이 아픔인 줄 몰랐던 순간이 더 많았다. 다들 이렇게 살겠지, 그러니 엄살부리지 말자, 하고 내 마음을 묵살시키며 입을 닫고 살았다. 나는 나와 대화하며 줄곧 세상의 입을 빌렸다.

중간이 없는 사람. 한동안 나는 그렇지 않았다. 미지근해지려 애쓰며 살았다. 상황과 꿈에 몰입하는 나를 발견할 때면 급히 등을 돌려 고개를 숙인 채 심호흡했다. 원하는 대로 움직이고 싶은 마음보다 상처받지 않으려는 마음을 앞세웠다. 일이나 사람 앞에서 심장이 뜨거워지는 데 걸리는 시간은 여전히 셀 필요가 없었다. 달아오르는 건 늘 순식간이었다. 차갑게 식히려 애쓰는 시간이 더 길었다. 시시때때로 달아오르는 의욕을 막는 것은 쉽지 않았다. 애초부터 냉정을 유지하기는 어려웠다. 그러니 차라리 공들여 미지근해지는 쪽을 택했다.

오랜 시간동안 달여둔 카레를 조금 식히려고 냄비 뚜껑을 열어두면 공기와 만난 표면이 굳어가는 걸 볼 수 있다. 표면이 굳을수록 속은 뜨거움을 내보내지 못하고 열을 안에서 안으로 서로 머금을 수밖에 없다. 아무리 조심히 입을 데어도 아 뜨거, 하고 숟가락과 입을 멀리 띄우는 날들. 손이 닿으면 데일까 두려워 멀리 던져둔 꿈은 제 온도에 타들어 재가 되었고 평온은 거듭될 수록 권태가 되었다.

능동적 게으름과 상황의 지루함은 타인의 것일 때는 쉽지만 내 것이 되면 참을 수 없는 간지러움이었다. 이리 저리 몸을 비틀고 짜증을 내면서도 결국 내가 나를 부정해서 일어난 문제라는 걸 인정하기가 싫었다. 과거는 늘 지금보다 미숙하기 마련이니 충분히 일어날 수 있는 실수다, 라고 남들에겐 쉽고 건방지게 충고해 놓고선.

중간이 없는 사람. 나는 어쩔 수 없이 다시 내가 되었다. 멍청하고 오만하지 않은 채 극단적이기는 쉽지 않겠지. 어쨌든 다시 마음에 불을 올렸다. 스프처럼 뭉근히 끓여내지 못하고 매일이 매운탕처럼 맵고 뜨겁다. 뜨거운 온도보다 더 참을 수 없는 것이 마음 같지 않은 나뿐인 게 다행이라면 다행일까. 질문만 가득한 날들 사이에 두 발을 비스듬히 놓고 다음 발걸음은 어느 방향으로 두어야 할까, 헤맨다. 그래도 충분한 공기. 비워둔 퍼즐 자리에 몸을 잘 구겨 넣은 기분.

잘하고 싶은 마음은 참 쉽고 늘 어렵다. 각자의 로망(이라고 써야만 하는 꿈들이 있다)을 만나는 일은 너무나 큰 행운이다. 로망 뒤에는 필연적으로 잘하고 싶은 마음이 따라올 수밖에. 그러나 그것은 마음일 뿐이지 지켜야만 하는 규율이 아니다. 마음을 다루는 방법은 삶마다 다르겠지만 주저앉는 것조차 좋아가는 방법 중 하나라는 걸, 우리는 너무 몰랐다. 때로 나를 포함한 어떤 사람들은 세상에 속고 싶어서 정해진 대답을 찾으려 한다. 너무도 다른 나를 당신의 결정에 의탁하여 쉽게 고민을 끝내려는 마음. 각자에겐 각자의 방식이 있고 슬프지만 당연하게도 모범답안은 없다. 실은 나도 당신도 아주 잘 알고 있고 그래서 더 모른 척을 한다.

여전히 내게 삶은 비포장도로를 한 발 한 발 걷는 일이고 꽤 자주, 지뢰밭을 피하는 일이나 다름없다. 그래서일까. 평온한 하루를 보내고 난 뒤엔 어쩐지 더

울고 싶어진다. 여태 알아낸 것보다 앞으로도 영영 모를 것만 같은 일이 여전히 더 많다. 그러나 이것만은 너무도 선명하게 깨달아버렸다. 지나온 길은 다시 돌아갈 수 없고 앞으로 걸어갈 길도 고속도로는 아니라는 사실. 그리고 그게 너무 당연하다는 걸 나 스스로에게 다정한 말투로 매일 반복하는 일이 내가 할 수 있는 최선이다.

미련한 나와 함께 걷는 당신을 그려본다. 정답 그 자체보다 정답을 찾는 과정을 함께 응원하고 사랑하고 싶다. 오늘도 나는 이렇게 건방진 문장밖에는 쓸 수 없지만.

각자의 사정

좋은 것을 함께 나누고 싶은 나의 '좋은' 마음이, 당신과 나 사이 생기는 벽이 되는 때가 있다. 더 이상 좋은게 좋은 것만은 아니게 되었고 우리는 함께일 뻔했으나 결국 서로의 시간에 아무 흔적도 남기지 않는 사이가 된다.

각자는 각자의 삶을 산다. 다짐하고 맹세해보아도 결코 섞이지 않는 모든 개인들의 세상. 별개를 엮어내는 것이 다만 믿음일 뿐 기대는 아닐 때 우리는 비로소 '같이'가 된다.

지금 내가 믿는 모든 것들이 처음부터 내 것이지는 않았다. 과거가 된 나에게는 미흡할 만한 과정이 있었다. 모든 서투름이 당장의 최선이었다. 닫힌 눈을 하고 귀를 막은 채로도 살 수 있었던 때가 내게도 있었다. 지금도 그럴지 모른다. 다만 착각을 깨닫는 순간, 그 사이로 드는 공기를 마시며 겨우 버티고 있는 지도.

그런 서툰 과거들이 현재의 내게 이유와 변명이 되어준다. 그리고 거듭 기회를 건넨다. 한 걸음 딛고 난 뒤 뒤꿈치를 떼어 공중에 발을 뻗을 때마다의 시간들. 이도 저도 아닌 그 시간들을 지나야만 생기는 결과들.

인정하기는 어렵지만 세상에는 경향성이 있고 그 경향성을 따라 부류가 생겨난다. 그 흐름마저 끊임없이 분열하고 삭제되고 팽창한다. 선택에 따라 삶이 각자 다른 방식으로 흘러간다는 것을 이제는 안다. 결국 흐름 또한 각자의 선택이다. 비난하지 않고 다만 흘러보내는 방법. 그 이유가 되는 각자의 사정.

나는 당신을 결단코 이해할 수 없을 것이다. 그러나 분명 당신의 모든 순간에는 당신만의 사정이 있으리라.

착각

긍정적인 감정은 늘 어색했다. 즐거웠던 것은 순간일 뿐, 왠지 모르게 즐거운 내가 어색해질 때가 있었다. 감정을 조심히 들어올린 채 고개를 삐딱하게 숙여 밑바닥을 살펴보면 거기에는 착각이 묻어있었다.

돌아보면 늘 그랬다. 언젠가부터 더 이상 놀랍지 않았다. 행복을 의심하는 것이 차라리 편안해졌다. 사랑도 행복도 온전한 구(球)의 형태로 끝까지 남은 것은 없었다. 조그만 흠은 일부러 외면했다. 균열은 억지로 메우려던 교정의 대상이었을 뿐. 세상은 '있는 그대로'를 허락하지 않는 때가 더 많았다. 그리고 세상에 뿌리를 박고 양분을 빨아먹으며 자란 나도 어쩔 수 없이 그랬다. 날 것의 사랑을 분노를 호의를 자아를 인정하고 싶지 않았다. 어딘가에는 책 속의 그것, 사전 속의 그것, 이상적인 무언가가 있을 거라 믿었다. 있어야만 한다고 여겼는지도. 그래야 사는 이유를 꾸며낼 수 있었을 테니까. 그게 뭔지 만나본 적도 없으면서.

기대를 채우려 노력하며 살아가다 지쳤을 때 내가 해야 할 일은 휴식이 아니었다. 숨처럼 따라붙던 기대들을 일부러 저버리려 더 노력해야 했다. 버리려고 할수록 진득해지는 것이 어째 삶을 더 열심히 살라는 말인 것만 같았다. 앞으로 나아가는 일은 더 이상 내 몫이 아니라고 생각했다. 우습게도, 가만히 있는 것보다 도망치는 편이 오히려 고른 숨을 쉴 수 있는 방법이었다. 필사적으로 도망치다가도 문득, 이렇게 모든 것을 피하기만 하다 생이 끝나는 건 아닐까 싶었다. 건방진 발상이었다. 끝은 어디에나 있다. 도망치면서도 도망이 끝나는 일을 두려워하고 있었다. 생은 계속해서 나를 두렵게 했고 그보다 더 두려운 것은 고민하는 나였다. 이 모든 고민마저 하찮은 착각인 게 아닐까, 눈을 감았다. 눈꺼풀 뒤 어둠 위로 아까의 빛이 어른거렸다. 춤을 추고 엮이고 또 헤어졌다. 보지 않으려 할수록 시선이 어둠에서 도망치려 했다. 눈이 뜨였다.

아까의 한숨은 다시 지금이 된다.

엄마와 파스타

특별한 에피소드 없이 무난히 잘 흘러간 어느 날이었다. 마무리에 다다른 하루. 안도와 권태를 동시에 느꼈다. 퇴근 후 소파에 늘어진 채 저녁은 또 무엇으로 배를 채워야 하나 하고 한참을 고민했다. 이도 저도 귀찮으니 피자나 치킨을 시켜먹을까 하다 며칠 전 탈이 나 고생한 일이 떠올랐다. 아, 이제는 장기의 안위까지 걱정하며 살아야 하는 나이가 되었구나 싶어 피식 웃었다.

실없이 혼자 웃기는. 엄마가 괜히 타박을 했다. 그러고선 느닷없이 내가 해주는 파스타가 먹고 싶다고 했다. 그 중에서도 콕 집어 매콤한 오일 파스타를 주문했다. 일어나 요리를 위해 움직이는 일이 세상 귀찮게 느껴졌지만 오랜만의 주문이라 이내 소파를 털고 일어났다.

나무 도마와 칼을 꺼내고 물을 올렸다. 반신반의하며 싼 맛에 사둔 이마트 노브랜드 스파게티 면을 삶았다. 거기에 천일염을 한 움큼 넣었다. 건강을 위해 다른 소금은 쓰지 말고 웬만하면 이걸 쓰라고 엄마는 내게 신신당부를 했다. 그렇지만 이렇게 많이 쓴다면 대체 무슨 소용인가요 하고 짓궂게 물어보려다 그만두었다. 건강을 향한 당신의 위안을 내가 망치고 있는 게 아닌가 하고 잠깐 망설였지만 역시 평생의 건강보다 아직은 순간의 나트륨이지.

냉동새우를 생수에 담근 뒤 레몬즙을 조금 떨어트렸다. 언제 개봉했는지도 모를 화이트 와인을 꺼내고 얼려둔 바질페스토 블록을 작은 접시에 덜어냈다. 그제산 올리브유를 따서 바질페스토 위에 넉넉히 뿌리자 금새 냉기가 날아가 모서리가 날을 잃었다.

습기를 먹어 조금 눅눅해진 치킨스톡과 아껴둔 페퍼를 꺼내고 양파를 썰었다. 양파를 써는 일에는 도무지 적응이랄 게 없어서 그날도 어김없이 눈물이 맺혔다. 칼 손잡이로 마늘을 빻다 한 알씩 바닥으로 퐁퐁 튀어나가기 일쑤였다. 아, 쉬운 게 없구만. 고개를 한 번 들었다가 형광등에 시야테러만 당했다.

생각보다 일이 많다. 요리는 항상 이렇다. 시작할 땐 대수롭지 않다가도 막상 일을 벌이는 순간, 해야 할 일도 치워야 할 것도 널을 놓은 사이 불어나기만 한다. 한 번에 두 가지가 안 되는 모자란 딸을 한 번, 난장

판이 된 싱크대도 한 번 보던 엄마가 무어라 말을 하려 숨을 머금었다가 곧 마음을 바꾼 듯 내게 물었다.

– 도와줄 건 없어?
– 응, 내가 알아서 해요.

전혀 믿을 수 없다는 표정으로 나와 주변을 거듭 둘러보던 엄마는 잠시 후 등을 돌려 다시 방으로 향했다. 돌아선 뒷통수는 여전히 찜찜한 모양새였지만 엄마도 나도 서로 힘껏 모른척 했다. 올리브유를 두른 뜨거운 팬에 썰어둔 채소와 까나리 액젓, 굴소스를 부어 센 불에 볶았다. 짭짤하고 깊은 맛이 좋아 자주 해먹는 파스타. 면을 부어 슬쩍 볶으면 곧 완성. 접시에 동그랗게 말아 부은 뒤 집에 있던 참나물을 다져 올렸다.

– 잘 먹겠습니다
– 응, 나도.

마지막에 뿌린 후추 덕에 맛이 더 톡톡 살아났다. 포크를 집어 든 엄마는 음식을 한 입 먹은 뒤 씨익 웃었다. 몇 입을 더 먹은 뒤 엄마는 갑자기, 덕분에 조금 행복해졌다고 말했다. 그런 직설적인 애정 표현은 익숙하지 않다. 나는 가만히 엄마를 쳐다봤다. 엄마는 괜히 파스타를 뒤적이다 내 시선을 느끼며 계속 말을 이어갔다.

— 요리가 참, 만만치 않지. 재료를 씻고 다듬는 것만 해도 일인데 심지어 재료마다 다루는 방법이 다 달라야 제 맛을 찾을 수 있으니까. 볶을 때, 구울 때, 지질 때 기름의 종류도 불의 세기도 제각각 다른 게 요리잖아. 조금만 어긋나면 물이 흥건해지거나 타기도 하고. 니도 잘 알겠지만.

숟가락에 파스타를 돌돌 말아 한 입, 방울토마토에 발사믹 크림을 묻혀 하나 먹은 엄마는 다시 웃으며 말했다.

— 그래도 하고 보면 가장 쉽게 사람을 행복하게 만드는 방법인 것 같아. 그래서 쉽게 잘 못 놓겠더라고. 사시사철 내가 장아찌며 진액이며 담그면 네가 그걸 왜 또 하느냐고 질색팔색하지만 막상 해두면 맛있다며 시시때때로 찾아먹는 게 보이는데 어떻게 안 할 수가 있겠니. 너도 내가 이렇게 맛있게 먹는 게 좋잖아.

부인할 수 없어 큰 소리로 웃었다.

－ 이렇게 낯간지러운 말을 술도 안 마시고 하면서, 너랑 맛있는 걸 먹으니까 사는 게 좀 가벼워진 거 같다. 사는 게 다 그렇다고 하지만 엄마도, 이 나이를 먹고 손등이 쪼글쪼글해진 엄마도, 사는 게 힘들어. 힘들다. 좀 알아줄래? 알아주는 김에, 그러니까 너도 너무 고민하지는 말고 살아. 또 가만 보면 생각보다 별 거 아닌 거에서 보람이 또 찾아와. 꼭 부귀영화 아니라도 괜찮아. 물론 부귀영화 언제든 환영이지만.

엄마는 농담 반 진담 반인 듯 웃으며 식사를 마쳤다. 싱크대를 보며 결국 한숨을 한 번 쉬어주는 것도 잊지 않았다. 잔뜩 쌓인 설거지 거리를 정리하는 척하며 도마를 들었다 놓으면서 '내가 다 그렇지 뭐' 하고 뻔뻔하게 농을 던졌다. 어이가 없다는 듯 나를 보는 엄마와 눈이 마주쳤다. 우리는 함께 웃었다. 엄마는 뜨거운 물로 설거지를 했고 나는 조용히 소매를 걷어 세면대 앞에 섰다.

미지근한 물에 비누를 살짝 녹여 손을 비비면서 생각했다. 모든 게 진심이겠지. 엄마는 농담인 척하면서도 내가 다 알아줄 거라 생각했겠지. 나보다 훨씬 많

은 시간을 새기며 살아온 엄마도 사는 게 힘들구나, 그
래 그렇겠구나. 강물은 오래 흘러도 바다가 될 수는 없
겠지. 조금 더 넓고 깊어졌을 뿐 같은 강물이긴 하겠지.
농담처럼 던진 그 말에 헤아릴 수 없이 깊은 위로를 받
는 내가 또 우스웠다. 당신의 한탄에 위안을 받는 내가
한심하기도 했고, 그 마음을 내게 털어놓을 수밖에 없
는 당신이 안타깝기도 했다.

　　이렇게 살다 보면 언젠가는 나도 당신의 버팀이
될 수 있을까? 아직은 자신이 없다. 자신없는 나를 알면
엄마는 그때 무슨 말을 할까? 그래 그럴 줄 알았다, 하
고 한숨을 쉬며 실망할까 아니면 당연하지 네가 뭘 알
겠어 하고 오늘처럼 크게 웃어 보일까?

　　아무 것도 장담할 수 없었다. 머리를 질끈 묶고
소매를 다시 한 번 더 걷어올렸다. 눈을 감았다. 공기
중에 미세하게 남아 있는 액젓의 냄새가 대화를 자꾸만
곱씹게 했다. 비누 거품에 얼굴을 묻었다.

파도에서 등대로

예민하고 불만 많고 삐딱한 사람.

내게 그렇게 말했던 사람들의 얼굴을 지금은 떠올릴 수 없다. 사람이 쉽고 빠르게 멀어지는 동안 그들이 남긴 말은 쉽고 빠르게 내 안에 자리를 잡아 아주 오래도록 세를 넓혀갔다. 멀어지려 애쓰는 건 늘 나였고 남은 말들은 결정적인 순간마다 순식간에 내 시야를 가리는 짙은 안개가 되었다. 이따금 내 숨을 막기도 했다. 아무 말도 할 수 없도록, 아무 행동도 할 수 없도록.

무력은 쉽게 관성이 된다. 그래서 나도 꽤 오랫동안 내가 그런 사람이라고 생각하며 살았다. 사람들 사이에 섞여 이야기를 나누다 보면 뭐 딱히 틀린 말도 아닌 것 같았다. 무리 속에서 나는 늘 머릿속이 복잡했다. 아주 어렵게 입을 열면 돌아오는 것은 대개 유난 떨지 말라든가 너만 그렇다든지 세상은 원래 이래 같은, 익숙해서 더 잔인한 대답들 뿐이었다. 잠깐 안개가 걷힌 사이 나간 산책엔 늘 폭우가 들이쳤고 그러면 마음엔 시야를 가리는 파도가 일었다. 나는 우비를 벗고 우산을 접고 집 안으로 다시 들어섰다. 입을 다물었다.

입을 잠그자 머리가 열렸다. 의구심과 외로움, 약간의 울화를 원동력 삼아 나는 내 안으로 향했다. 나는 어떤 사람일까 하는, 실은 정답에 대한 큰 기대 없이 이 쓸쓸한 질문만을 지도 삼아. 특정 상황에서 무의식 중에 정해진 듯한 말을 하고 원한 적 없던 표정을 짓는 나는 대체 어디에서 왔을까. 문득 떠올랐던 생각의 방향은 왜 하필 항상 저쪽이었을까. 시선을 그곳에 둔 것은 정말 나의 의지일까 아니면 어쩔 수 없이 세뇌받은 것일까. 아무 의미도 없을 수많은 질문을 거듭하다 깨달았다. 적어도 내게, 원하는 모습으로 산다는 건 결국 자신을 끊임없이 의심하는 일이었다. 그제야 모든 부유가 끝났다. 끝없는 의심을 통해 나는 안정을 얻었다. 의심과 불안을 내 안으로 향해야만 비로소 편안해지는 사람, 그게 나구나. 머릿속 안개가 걷히자 마음으로 들이치던 거친 파도는 위협이 아니라 하나의 풍광이 되었다. 나는 그렇게 30여 년이 걸려서야 나를 만났다.

처음으로 스스로를 괴롭히지 않을 수 있게 되어서야 '나의 삶'으로 가는 길이 보였다. 다른 이의 이목이 아닌 내 안의 가치에 집중하며 사는 시간. 스쳐 지나갈 뿐인 세상의 평가보다 평생 껴안고 살아야 할 나와의 관계를 잘 매만지는 삶. 곧고 단단한 심지와 유연한 시선, 설명 가능한 경계와 계산 없는 다정. 동경만 하던 것들을 하나씩 내 것으로 만들기 시작했다. 구태의연한 언어를 버리고 그 자리를 나의 언어로 채우기 시작했다. 원하는 대로 살기란, 그리고 사는 대로 원해 온 자신을 버리기란 여전히 쉽지 않지만 그 어려움을 견디고 나서 나는 말 그대로 다시 태어난 기분이다.

글을 쓸 수 있게 된 것도 이즈음이다. 내가 무엇을 원하는지 명확히 알고 나서야 문장으로 선명하게 표현할 수 있게 되었던 때. 삶을 걸어 나가는 동안 어떤 곳에 시선을 두고 걸어 나가야 하는지 깨달았던 때. 나의 혼돈마저 나의 일부임을 받아들였던 때. 그래서 많은 사람들 사이에서도 나를 쉽게 잃지 않는 힘이 생겼던 때.

자기 연민에서 빠져나와 담담하게 상처를 응시할 수 있게 되자 비로소 생각했다. 이제야 소리 내 이야기할 수 있겠다고. 활자로 써내어 누군가에게 보여줄 수 있겠다고. 상처와 그 상처를 덮었던 상념까지도 이제는 솔직하게 이야기해 볼 수 있겠다고. 그리고 어쩌면 이야기해야만 정말 다음 장으로 넘어갈 수 있겠다고. 그러니 한번 써보자고.

무겁게 쌓여 결국엔 입 밖으로 터져 나오던 불평은 사실 세상에 대한 지독한 희망 때문이었다. '희망을 버릴 수 없다는 희망'을 서툴게 표현하던 과거는 이제 예뻐 보인다. 나를 아프게 하는 것들을 단숨에 버려내고 모른 척 지나칠 수 있는 사람으로 살고 싶었던 때도 분명 있었다. 하지만 간편한 회피라든가 멋진 회의감보다 아주 끈적하고 가끔 참 멋없기도 한 희망과 애정에 더 가까이 살고 있다. 사랑을 품은 한 나의 예민과 불만과 삐딱함은 누군가와의 연결과 또 다른 다정으로 이어질 테다. 이제는 잘 안다.

엄마가 나의 여름을 기억해주듯,
나도 엄마를 이 시대로 초대하고 싶어.

여름

여름, 열무, 엄마

여름이다. 여름이 오고야 말았다. 이렇게 절망적인 투로 글을 시작하는 이유는… 내가 꿈꾸던 여름에 불볕더위는 없었기 때문이다. 아침에 일어나 날씨를 확인할 때마다 한숨을 쉰다.

> - 헤이구글, 오늘 날씨 어때?
> - 8월 17일 월요일 오늘, 최고온도는 34도
>   최저온도는 26도이며 일부 흐리겠습니다.
>   습도로 인해 현재 체감온도는 40도입니다.

세상에, 체감온도가 40도인 나라에 살다니… 내가! 강한 자들만이 살아남았던 90년대에는 말이야… 최고온도가 겨우 30도만 돼도 폭염주의보가 내렸는데 말이야 어쩌고저쩌고 소리가 절로 나오는 요즘이다. 한여름도 한겨울도, 늘 오기 전에는 얼마나 혹독했는지 매해 잊어버린다. 기후재해에 나도 한몫하며 여태 살아왔다는 사실도 자주 깜빡하고 말이다.

에어컨을 가장 낮은 온도로 세게 켜놓고 그 아래에 선풍기를 강풍으로 켜둔다. 온 방 안에 찬 바람이 닿기를 바라며 30분을 기다려도 공기는 쉽게 차가워지지 않는다. 정남향에 볕 잘 드는 나의 작은 집이 잠깐 야속해지는 8월, 한여름의 어느 날.

이렇게 더울 땐 다들 무얼 먹고 사는지 혹은 무엇이 먹고 싶어지는지 궁금하다. 나는 온도에 무척이나 민감한 편이어서 너무 덥거나 너무 추우면 급격히 식욕을 잃는다. 그리 즐겨 찾지 않던 한식이 한여름만 되면 주식이 된다. 나는 이걸 '계절성 K-입맛'이라고 부른다. 한국인은 밥심이라는 말에 부합하며 사는 사람이 되기를 은근히 거부해왔지만, 어느 순간 이렇게 돼버렸다. 정말로 사람은 계속 변하는구나.

엄마는 김치를 담근다. 늘. 이렇게 더운 날에도 말이다. 겨울이면 김장김치를 재료별로 젓갈별로 따로 담는 건 예사고, 사시사철 틈만 나면 주재료를 바꿔가며 파김치, 단배추김치, 겉절이, 등등을 담근다. '김치 없인 못 살아 정말 못 살아(헤이)!'를 인간화하면 엄마가 아닐까 싶을 정도다. 남이 담근 김치는 입맛에 잘 맞지 않는 데다가, 위생상 믿을 수가 없다고 열변을 토하면서 내 동의를 구한다. 엄마, 사실 엄마 딸은 비비고 파김치 짱 좋아하는데… 하고 말하기 어려울 수밖에.

굳이 담글 필요가 없다고 동생과 내가 아무리 만류를 해도, 여기가 아프고 저래서 힘들다고 한탄을 하면서도, 다음 날이면 한 통 가득 새로운 김치를 담그는 엄마. 그만해도 된다, 세상에 먹을 게 얼마나 많은 줄 아느냐, 잔뜩 핀잔을 줄 때마다 엄마가 하는 대답은 정해져 있다.

"담가두면 잘 먹을 거면서!"

맛있게 잘 담가둔 김치를 안 먹는 것도 재주겠다! 게다가 그 많은 김치를 안 먹고 버리는 것보다 당연히 맛있게 먹는 게 낫지! 하고 말하려다가도 정말로 한입 먹고 나면, 밥도둑이 따로 없어서, 동생과 나는 합죽이가 되어버린다. 보리차에 쌀밥을 말아 갓 담근 김치를 얹어 먹고 나면, 내 몸에 흐르는 K-유전자를 확인해버리고 마는 것이다.

애석하게도(?), 여름이면 급격히 입맛을 상실하곤 하는 와중에 내가 유일하게 먹고 싶어 하는 것이 바로 엄마의 열무김치다. 평소엔 굳이 김치를 찾아 먹지 않는다. 김치 말고도 대체재는 충분히 많으니까. 게다가 "엄마가 담근 김치 먹고 싶어" 따위의 대사를 하는 자식으로 자라고 싶지는 않았으니 잘된 일이라고 생각했다. 그런데도 한여름이면 열무김치가 그렇게나 먹고 싶어져서는 문제의 납작한 대사가 불쑥불쑥 입에서 튀어나오려 한다. 어쩐 일인지 엄마는 내가 굳이 말하지 않아도 매해 여름마다 수시로 열무김치를 담가서 한 통씩 건네준다.

그러면 나는 백종원 선생님의 유튜브 채널에 들어가 멸치 강된장 레시피 영상을 다시 한번 더 시청한 뒤 비슷하게 잘 끓여낸다. 따뜻한 쌀밥 위에 열무김치를 얹어 가위로 한 번 잘라내고 김칫국물을 쪼로록 부은 다음, 강된장을 한 스푼 반 얹어 슥슥 비벼 먹는다. 오이 미역냉국까지 있으면 금상첨화!

이 글을 쓰고 있는 오늘도 강된장과 열무비빔밥 조합으로 점심 식사를 해결했다. 쓰면서도 또 먹고 싶다. 제가 정말로 한식 러버는 아니거든요… 그냥… 여름만 되면 그런 거거든요….

엄마는 항상 입버릇처럼 말한다. 김치 없인 못 살겠다고, 한식 없이는 못 산다고. 하지만 나는 그 말을 믿지 않는다.

동생과 내가 낯선 음식을 시켜도 거부하지 않고 무슨 재료로 만들어졌는지 궁금해하는 엄마. 낯선 식재료의 새로운 조합에도 기꺼이 마음을 열고 맛을 보는 엄마. 해외여행을 어디로 가든 김치나 컵라면을 챙기지 않는 엄마. 현지 음식점에 들어설 때마다 눈을 반짝이던 엄마. 마라샹궈를 시킬 땐 고수를 추가해달라고 말하는 엄마. 지삼선을 먹으러 가자는 말에 난색을 보이던 친구들을 안타까워하던 엄마("애들이 그 맛있는 걸 먹어본 적이 없다고 거부하더라고… 아휴"). 일본 료칸 여행에서 처음 만난 날계란밥에 눈이 동그래져서는 내 것까지 순식간에 다 먹어 치우던 엄마. 엄마가 모르는 엄마의 취향을, 나는 안다.

미각은 가장 직설적인 반응을 불러일으키는 감각이다. 게다가 생명과도 직결되어 있다. 미식의 미학이 다소 과잉된 요즘은, 여러 식당에서 다양한 메뉴를 경험한 흔적을 남김으로써 자신의 취향을 손쉽게 전시하고 뽐내기도 한다. 다르게 해석하면 누구나 매우 간편하게 취향을 넓힐 수 있다는 뜻이기도 하다. 특히나 엄마처럼 요리에 능한 사람이 다양한 식재료와 조합에 관심을 가지고 미식에 눈을 뜨면 취향의 세계가 넓어지는 것은 그야말로 시간문제다. 그걸 알기 때문에 자꾸만 나는 엄마에게 새로운 메뉴를 소개하고 싶어지는지도 모르겠다.

엄마의 미식 스펙트럼은 엄마 동년배 친구분들

에 비해서는 꽤 넓은 편이다. 하지만 사실, 이나마도 나의 미식 스펙트럼 안에서 일어난 확장이다. 내가 좋아하는 음식을 엄마에게 맛보여 주는 것이 한계니까. 먹어본 적 없는 메뉴를 혼자서 주문하는 일이 아직은 엄마에게 낯설고 힘든 일이고 친구분들은 거부감을 보이며 익숙한 메뉴로 선택을 돌이킨다.

새로운 음식을 접할 때마다 엄마는 말한다.

- 너희랑 같이 오는 게 아니면
  이런 특이하고 맛있는 걸 못 먹으니까…

한식이 좋아서, 김치가 좋아서가 아니라 그저 그것밖에 접하질 못해서 좋아할 수밖에 없는 경우는 얼마나 많을까.

그래서 내게 엄마의 한탄은 미식에 국한된 이야기로 들리지 않는다. 음식뿐만 아니라 거의 모든 방면에서 엄마는 제 취향껏 살거나 혹은 새로운 도전으로 개척해오기보다, 남들을 따라 모부가 말하는 대로 살아왔다. 그 시대 대부분의 여성이 그랬듯.

당신 스스로 당신의 세상을 넓혀나갔다면, 그럴 수 있었다면 그 세상은 과연 어떤 모양이었을까. 얼마나 넓고 또 깊었을까. 딸이었다가 아내였다가 엄마로 사는 사람. 이제야 겨우 역할로 매겨진 강제된 자아를 벗고 진짜 자신을 들여다보려는 사람. 평생을 한 번도 '내'가 뭘 원하는지는 궁금해할 줄을 몰랐던 탓에 늘 서툴고 불안한 사람. 가끔은 다시 과거로 돌아가 버릴까 망설이는 사람. 취향을 선택하기보다 타인에게 길들여지는 데 익숙해져서 좋아하는 것과 좋아할 수밖에 없는 것을 늘 혼동하는 사람. 그러나 그 혼동을 조금씩 즐기고 있는 사람. 취향과 강제를 구분하게 되었을 때 누구보다 맑은 얼굴로 기뻐하기 시작한 사람.

어쩌면 엄마의 진짜 사춘기는 60이 다 되어서야 온 것 같다. 엄마는 쑥스러울 때면 괜히 이제 다 늙었다고 자조하지만, 그런 말을 하는 마음은 사실 부끄러워서 되레 어깃장을 놓는 어린 소녀의 마음과 다를 게 없다. 이 여린 인생에 기대어 내가 살아왔다는 생각에 다다르면 사랑보다는 안타까움이 더 커진다. 얼마나 많은 인생이 자신의 것이 아닌 삶을 살고 있을까. 받은 적 없이 일궈내 주기만 하는 사랑이 실은 때로 얼마나 고통스러웠을까.

말하지 않아도 조용히 건네지는 열무김치 한 통. 버스를 타고 집에 도착할 무렵이면 으레 김칫국물이 새서 비닐봉지 가득 새콤한 냄새를 풍긴다. 집으로 돌아와 새 반찬통에 열무김치를 옮겨 담고 전화를 건

다. 엄마, 김치 맛있더라. 늘 맛있지만 이번엔 더 맛있던데. 아니, 하나도 안 샜어. 나는 서른이 넘어서야 이런 거짓말을 할 수 있게 되었다.

나의 모든 처음을 기억하는 사람에게, 당신이 몰랐던(실은 진작에 겪을 권리가 있었던) 당신의 처음을 더 많이 선물하고 싶은 요즘이다. 사실 나는 여전히 엄마의 모든 것을 사랑하지는 못하지만, 아마 엄마도 그럴 테지만, 내 안의 어떤 소중하고 다정한 부분이 엄마에게서 왔다는 사실을 기억하려 한다.

나의 세상에서 너무나 당연했던 것들이 아마 엄마에게는 평생 제 것이 아닌 타인의 특권처럼 여겨졌겠지. 그런 시대의 간극이 우리 사이엔 여전히 존재한다. 그 거리를 없앨 수는 없다. 다만, 당신만 괜찮다면 조금은 나아진 나의 시대로 엄마를 초대하고 싶다. 그리고 계속해서 함께 변하고 싶다. 당신도 모르게 내게 전해준 다정함을 이유 삼아서 말이다.

언젠가는 이 시대를 당신의 시간이라 말할 수 있기를 바란다. 나를 낳고 또 기른 엄마라서가 아닌, 효라는 원죄로 얽힌 태생적 굴레에서 벗어나서, 그저 온전히 한 여성이자 인간인 당신의 삶을 응원하고 싶다.

엄마가 나의 여름을 기억해주듯, 나도 엄마를 이 시대로 초대하고 싶어.

인사

안녕, 하고 말하면 그날의 관계 하나가 시작된다. 편안 안, 편안할 녕. 너를 만나지 못한 시간 동안 너는 아무 탈 없이 편안했느냐고 묻는 정다운 인사말. 단 두 글자로 커다란 걱정과 마음을 전한다. 그러나 사실 말하는 이도 듣는 이도 그것이 얼마나 따뜻한 말인지 매 순간 알아채지는 못한다. 의미도 마음도 없는 사이에서 오갈 때가 더 많아서일까. 그런 날의 안녕은 모양도 색도 없이 허공을 떠돈다.

　　인사 뒤에 따라올 말을 찾느라 머릿속을 한참 뒤적이다 겨우 꺼내는 말은 식사는 했는지, 무엇을 먹었는지, 너도 나도 함께 아는 이는 잘 지내는지, 저번에 산 물건은 어떠한지, 같은 말들이다. 말끝은 서로가 아닌 다른 곳을 향한다. 인사를 두 음절로 끝맺지 못하고 방향을 잃은 채 헤매는 시간. 길을 잃은 시선은 목적지를 찾지 못하고 떠돌다 대화와 함께 흐지부지된다.

인사가 필요 없는 관계가 있다. 언어가 무용한 사이. 절절한 설명 없이 들숨의 박자와 깊이만으로 무언가 알아채는 사이. 굳이 묻지 않아도 왠지 다 알 것만 같은 사이. 그 다 알 것 같은 마음을 굳이 입으로 내뱉지 않는 사이. 못 본 새 달라진 혹은 새로운 당신의 모습이 있을까 매 순간 조심스러운 사이. 그래서 매번 더 단단해지는 사이. 서로의 지금을 공기로 읽어내는 이들에게 가장 효율적인 대화는 침묵이다. 가만히 서로의 커피잔 손잡이를 바라보고 있다가도 문득 짜릿하게 편안해서 공기를 뚫고 웃음을 터뜨리는 사람과 그 웃음의 뿌리를 기둥을 가지를 단박에 이해하고 함께 웃을 수 있는 순간.

안부를 전할 수 없거나 전하기 애매한 사이도 있다. 그런 관계는 인생에서 지워진 것처럼 보이지만 사실 가장 짙은 때로 남아있어서 살다 보면 이따금 냄새가 나거나 손에 끈적히 흔적을 남긴다. 인연이 희미해진 연유를 더듬다 보면 잊고 싶었던 기억이 따라올라온다. 인정하고 싶지 않은 나의 얼굴과 지우고 싶은 타인의 말들을 묻힌 채 스멀스멀 올라오는 기억은 내 안에 고여 깊은 늪을 만든다. 그 속에서 자라나는 검고 어두운 마음 위로 매일 흙을 한 줌씩 올려놓는 일이 삶이라고, 요즘은 자주 생각한다.

매일, 아주 많은 안녕을 기원하고 또 빠르게 잊는다.

당신의 안녕은 나의 안녕. 이토록 이기적인 인사로 내가 바라는 것은, 얼마간 당신을 잊어낼 자유.

최초의 여름

해묵은 콘크리트 건물들 사이로 태양이 붉은 얼굴을 숙였다. 그 머리끝을 따라 발간 꼬리가 흔적을 그렸다. '드르륵' 하고 크고 작은 창문들이 열리며 각자가 제 아이들을 애타게 불렀다. 세상이 끼니와 밤을 준비하는 동안 아이들은 시간도 피로도 모른 채 시끄럽기가 매일이었다. 아침마다 뽀득뽀득 씻겨 내놓아도 저녁이면 아이들 얼굴 위엔 출처 모를 검댕이 잔뜩이었다. 해사한 표정으로 제 얼룩을 서로에게 전염시키며 아이들은 골목 앞 공터를 이리저리 뛰어다녔다.

　　미처 무리에 끼지 못한 채 옥상 난간에 턱을 괴고 바라만 보았다. 엄마는 내 신발 속 모래를 털 때마다 에휴우 하고 길게 한숨을 쉬었고 조금 거친 손길로 나를 들어다 욕실에 데려다 놓고 옷을 억지로 휙휙 벗겨 씻겼다. 그러는 동안 옆 방에선 아기가 자지러지게 울었다. 엄마의 화가 섞인 손길도 아기의 끊이지 않는 울음소리도 다 무서웠다. 그래서 나는 그냥 가만히 앉아 아랫집 영현이와 옆집 지우가 뛰어노는 걸 바라보기로 했다. 그것도 제법 재미있었다.

　　태어난 지 얼마 안 된 아기와 함께 사는 일은 좀처럼 익숙해지지 않았다. 밤낮을 가리지 않고 우는 아기는 제 잠도 마다하고 밤을 갉아 먹었다. 아기는 아기다웠을 뿐이었다. 관절이 열리는 고통을 감내하며 성장하던 작은 생명체에게는 그게 당연한 일이었다. 당연하지 않았던 건 내 쪽이었다. 고작 세 살이었던 나는 '내 것'의 개념을 인식할 때가 되자마자 양보를 배워야 했다. 이해하기도 전에 감당을 요구받았다. 누나잖아, 누나니까 라는 말로 강요되던 양보는 아기잖아, 동생이니까 라는 말로 이어졌다. 그냥 한 번 물어만 봐주지. 양보해도 괜찮겠냐고. 그러면 못 이긴 척 나도 양보할 텐데. 그리고 한 번 안아만 준다면, 나는 정말 좋은 누나가 될 수 있는데. 자주 생각했지만 한 번도 말해보지 못했다.

　　가지기 전에 나누는 법을 먼저 배워야 했다. 아이답기 전에 누나다워야 했다. 설명할 수 없었던 억울함은 지금 생각해보면 사실 야속함이었다. 그 야속함조차 내가 당당히 가질 수 없어서 나는 얼마간 혼란스러웠다.

턱을 괴고 고개를 흔들흔들, 지는 해의 마지막 빛을 정수리로 받으며 거리를 보는 동안 엄마가 내 뒤에 섰다.

　　- 나갈까?

　　기다렸던 말을 음성으로 확인한 순간. 대답도 않고 자전거를 낑낑 들어 1층으로 내려갔다. 안장에 엉덩이를 붙이고 페달 위에 오른발을 올려 내딛자마자 동생이 다시 울었다. 엄마는 곧 따라갈 테니 멀리 나가지 말라며 급히 집으로 들어갔다. '우리 동네'는 안전하다고 믿던 때였다.

　　그즈음 내가 가장 몰두하던 것은 네 발 자전거. 어렸을 때부터 움직이는 걸 통 좋아하지 않는 나였지만 아이들과 어울리지 못할 때는 괜한 부아가 났다. 며칠을 볼멘소리로 조르자 어느 날 아빠가 사 온 나의 첫 자전거. 분홍색 프레임에 쿠션감 있는 안장이 달린, 삼천리 네 발 자전거. 빨갛고 파란 자전거를 타던 아이들은 다르고 예뻐 보이는 내 자전거를 부러워했고 나는 조금 우쭐했다.

　　민소매에 반바지를 입고서 자전거 위에 앉았다. 앉을 때마다 팡싯한 쿠션이 좋아 괜히 엉덩이를 방

방 쩧었다. 숨을 한 번 들이쉬고, 페달 위에 얹은 오른발을 앞으로 내디며 복개천 위를 신나게 달렸다. 공기 사이로 켜켜이 스민 습도 때문에 얼굴에 자꾸만 머리칼이 붙었다. 손바닥으로 땀과 머리칼을 함께 얼굴 옆으로 밀어댔다. 머리칼 사이로 스미는 바람이 좋았다. 아니 바람이 부는 것이 아니라 멈춰있는 공기를 내 몸을 부딪어 내어 부수고 있었다. 그 마찰감이 어리고 조그맣던 내게 얼마간의 성취감을 줬다. 세상을 이기고 있다는 착각에 한껏 즐거웠다. 도구의 물성을 빌리지 않고는 제힘으로 해낼 수 있는 게 몇 없던 때였다.

등 뒤로 엄마의 목소리가 들렸다. 더 많이, 더 세게, 더 멀리 자전거 페달을 밟아 달려 나갔다. 그래 봐야 네 살. 5분이 채 안 돼 엄마에게 뒷덜미를 잡혔다. 피로를 모르는 네 살과 피로에 잠식된 엄마는 다른 몸을 하고 비슷한 얼굴을 한 채 함께 웃고 있었다.

- 이렇게 멀리 가면 어떡해.
- 자전거 재미있어요.

힘껏 페달을 밟다 보니 샛노란 민소매는 땀에 젖어 있었다. 엄마는 그것을 개의치 않은 채 나를 훌쩍 들어 올려 가득히 끌어안았다. 내 작은 겨드랑이와 엄

마의 가녀린 어깨가 착 하고 퍼즐처럼 맞물렸다. 그 느
낌이 좋았다. 날 때부터 예고된 듯했던 완벽한 안정감.
그것이 세상이 강요하는 모성에서 온 것이든 나를 주로
돌봐주는 이에 대한 일방적 애정이든 상관없었다. 나는
엄마를 사랑했다. 자연스레 엄마의 목덜미를 끌어안았
다. 엄마는 한 손으로 내 엉덩이를 받치고 한 손으로 자
전거를 들었다. 엄마의 정수리 위로 해가 지고 있었다.

　　- 얼른 집에 가자.
　　　집에 가면 완두콩이랑 옥수수 삶아줄게.

다정한 목소리에 싱긋 웃다가 물었다.

　　- 엄마, 바람이 왜 달콤하고 답답해요?
　　- 그건 여름에서 나는 향기야. 여름 향기.

　　여름은 무더웠고 더위는 당연했다. 기억의 무덤
에서 잔해를 그러내어 꺼낸 최초의 여름은 다만, 푸른
완두콩, 샛노란 옥수수, 그리고 엄마의 언어로 만난 여
름 향기.

입시 학원 실장

남자는 '실장 선생님'이라고 불렸다. 늘 셔츠를 팔꿈치 위까지 걷어 올린 채 깡마른 손목에 지나치게 반짝이는 은색 커다란 시계를 차고 있었다. 오른손에는 빛바랜 '사랑의 매'를 꼭 쥔 채 학원 복도를 휘적휘적 걸어 다녔다. 까맣고 얇은 프레임의 동그란 안경을 쓰고선 걸음마다 남학생들의 엉덩이와 허벅지 측면 사이 어드메를 툭툭 쳤다. 오늘은 단어를 다 외워왔느냐, 숙제를 다 했느냐, 하고 훈계를 했고 여학생들에게는 치마 길이를 지적하면서 허벅지를 쿡쿡 찔러댔다.

가끔 아이들을 데리러 학원 승합차를 몰고 오기도 했고 주로 학년별로 커다란 자습실에 모여 단체 단어 시험을 칠 때 단어의 뜻을 불러 준 뒤 일정 개수 이상 틀린 학생들의 손바닥을 때리기도 했다. 원장이 그 사람에게 월급을 주는 대가로 기대한 업무라는 건 대개 그런 것이었다. 폭력적이고 강압적이지만 우스갯소리로 마무리하며 심각성을 지워버리는 일까지 말이다. 본인의 의도와 다르게(였는지 확실하진 않지만) 그런 일을 생업으로써 매일 반복해야 했던 그 사람을, 학생들 대부분은 그다지 좋아하지 않았다. 당연했다. 남자의 행색과 언행 모두가, 너무나 진부한 '어른'의 것이었다.

중학교 3학년. 1학기 기말고사를 준비하고 있었고 주말 아침부터 저녁까지 수업이 꽉 차 있었다. 막 더위가 시작되는 참이었다. 한여름 한복판에서보다 초여름의 입구에서 더위는 더욱 선명했다. 자고 일어나면 어제보다 확연히 높아지는 기온을 평온하게 버텨내기에 나의 열여섯은 너무 나약했다.

교실엔 에어컨은커녕 선풍기도 없었다. 교실 오른쪽 벽에 붙어있던 작은 창문으로 고개를 내미는 바람이 겨우 땀으로 샤워하는 것만은 어떻게든 막아주고 있었다. 그나마도 창문은 학년별로 성적이 높은 학생들이 모인 반에만 있었다. 상대적으로 성적이 낮은 학생들은 사방을 조여드는 더위에 시달려야 했다.

쉬는 시간이 되자마자 친구와 함께 근처 문구점으로 뛰어갔다. 학교 근처 문구점은 언제나 제 이름보다 훨씬 더 큰 역할을 떠맡는다. 우리는 그곳에서 휴식과 간식, 때로 안식까지도 찾아내곤 했다. 딱히 사야 할 것도 사고 싶은 것도 없으면서 두어 바퀴를 빙빙 돌아본 뒤 아이셔와 스크류바를 사 들고 번갈아 입에 넣으며 온몸에 쌓인 더위를 미각으로 털어보려 했다. 그러면서 입을 열어 행선지 잃은 화를 뿜었다.

더위 때문이기도 했고 시험 때문이기도 했다. 교실을 가득 채운 서로의 냄새. 왕성한 호르몬이 뿜는 체취이기도 했고 자의 반 타의 반으로 시작된 욕심의 기운이기도 했다. 내가 살던 지역은 고교 비평준화 지역이었고 그 시절엔 중학교 3학년 성적이 고교 진학에 자그마치 50%나 반영이 됐다. 소위 말해 '막판 뒤집기'가 가능하다는 생각에 다들 일단 책상 앞에 앉아있곤 했다.

성적을 올리려는 욕심은 학생에게나 선생에게나 들끓기 매한가지였다. 어른들의 그 '말씀'과 나의 출처 모를 욕심을 제법 잘 받아들이며 살았지만, 그날만큼은 모든 게 갑갑했다. 친구와 일부러 근처 아파트 단지를 빙빙 돌며 산책을 했다. 세 걸음마다 한숨 한 번. 숨이 가라앉는 모양이 우스워 실없는 이야기만 나누며 웃다가 조금 늦게 학원으로 돌아갔다.

학원 2층으로 오르는 계단 입구에 그 사람이 서 있었다. 짝다리를 짚은 채 콧구멍을 손가락으로 문지르던 실장은 우리를 보는 순간 눈을 반짝였다. 한 손에 든 '사랑의 매'를 붕붕 둥글게 휘둘렀다. 어쩐지 즐거워 보이는 표정에 친구와 나는 약간 갸우뚱했다. 친구와 나는 멈칫하며 뒷걸음으로 계단을 한 칸 내려갔고 실장은 그걸 보고 웃었다.

    - 야, 니네, 어디 갔다 왔어.
    - 밖에요.
    - 그걸 누가 몰라?
    - 산책하고 왔어요.
    - ……

　　나무 막대가 공기를 가르며 내던 붕붕 소리가 멈췄다. 방금 무슨 말을 들었는지 잘 이해하지 못하는 눈치였다. 몰라? 하고 빈정대더니 입술과 턱이 그대로 그 자리에 멈췄다. 잠깐 움직임을 잃은 사람처럼 보였다. 시험이 코앞인데 5분 쉬는 시간을 줬더니 20분 늦게 들어와서는 산책을 다녀왔다고 평온하게 이야기하는 두 학생을 보며 마치 외계인을 본 듯한 표정을 지었다.

    - 말이 되나?
    - 갑갑해서요.
    - 뭐가.

정말로 몰라서 묻는 걸까? 나와 친구는 조용히 눈을 맞추고 어깨를 으쓱했다. 침묵과 눈 맞춤이 실장을 더 당황하게 만든 눈치였다. 그는 매일같이 백여 명이 넘는 학생들 앞에서 마음대로 말하고 매를 휘두르던 사람이었다. 이런 건 계산에 없었을지도 모른다. 덩어리인 줄 알았던 아이들이 제멋대로 생각을 하고 규칙에 어긋난 행동을 하는 건 아마 그 사람의 상상 속에 없었을지도. 게다가 심지어, 그런 말도 안 되는 말들을 하는 주제에 미간이 구겨져 있었다.

- 여자애들이 위험하게.
- 저녁 6시인데요.
- 여자애들은 위험하지.
  그리고 어? 표정 관리 좀 해라. 둘 다.
- ……
- 또 말대꾸하지 말고.
- 그냥 대답한 건데요.

이해가 안 되는 건 이제 이쪽이었다. 대답과 대꾸의 기준은 무엇일까. 지금 당신의 눈에 불꽃이 이는 것은 나의 대답이 대꾸이기 때문일까. 내 대답은 어째서 대꾸가 되었을까. 기대되지 않았거나 정해진 답에서 벗어난 말들은 모두 무례한 것이어야만 할까. 그가 하는 모든 말은 이제 나의 이해 바깥에 있었다. 친구는 나를 대신해 서둘러 사과(라고 밖에 설명할 길이 없는 말들)와 반성을 전했고 실장은 한참 동안 어처구니가 없다는 듯 나를 쳐다보다가 얼른 교실로 들어가라고 말했다.

머릿속에 한가득 의문을 가진 채 귀에 들어오지도 않는 수업을 몇 시간 듣고 집으로 가려는데 실장이 내 팔을 붙잡았다. 접촉으로 모든 의중이 전해졌다. 더위의 기운으로 조금 끈적해진 내 팔뚝을 그가 커다란 손으로 움켜잡았다. 그 아래에는 분명 그 손의 모양이 그대로 찍힌 붉은 자국이 찍힐 것이었다. 역겨운 체온이 팔을 타고 전해졌다.

– 야 너 아까 한 말 다시 해봐.

– 뭘요.

– 말대꾸 왜 했냐고. 그게 왜 대답이냐고. 어?

친구들과 후배들이 보는 앞에서 '사랑의 매'로 교실 입구 문을 내리치며 실장은 내게 물었다. 탁. 타악. 탁. 분명히 할 말이 있었는데. 탁. 탁. 타닥. 수업 시간 내내 사실은 앞에 있는 선생님이 하는 말보다도 바로 앞에 펼쳐진 책에 쓰인 글자보다도 명치 아래 꾸욱

뭉쳐서 숨을 막고 있는 말들이 있었는데. 쾅. 쾅. 쾅. 그걸 뱉어야만 한다는 걸 나는 알고 있는데, 그래야 내가 한 말들이 대답이라는 걸 설명할 수 있는데, 증명할 수 있는데. 쾅. 쾅. 쾅. 쾅. 도무지 토해낼 수가 없었다. 쾅. 쾅. 쾅. 주변을 메운 시선과 내 앞에선 이의 분노가 내 입을 틀어막고 있었다.

열심히 적재해 둔 말을 뱉는 대신 할 수 있었던 건, 간단히 나를 뭉개는 짓이었다.

나는 울고 말았다.

잠식

심장이 목에서 울리던 계절. 혹여나 소리가 귀를 타고 세상에 울릴까 무서워하면서도 웃는 것을 멈출 수 없었다. 우스운 표정을 가릴 수 없이 매일을 살았다. 온종일 너는 불쑥대며 피를 타고 내 온몸을 돌았다. 날이 선 감각이 나를 갉아 먹었다. 눈치 없는 나는 그저 외롭게도 행복했다.

홀로 방에 앉아 너를 생각할 때에 차오르는 내 슬픔은 비린내를 풍겼다.

바싹 말려 널어두자. 곧 부는 바람에 날려 보내야지. 내가 나를 어르고 달래기를 수 날. 답이 무엇인지 알면서 백지로 남겨두기를 여러 번. 의도된 포기만이 거듭되던 날들. 이내 당신의 물가에 털썩 주저앉아 버리는 일이 매일.

나 홀로 만든 당신이라는 늪. 그 위에 가만히 서서 발끝에서 정수리까지 천천히 잠기기를 기다렸다. 겨우 발목이 잠겼을 때야 깨달았다. 이것은 작위적인 운명. 뛰어든 줄 알았으나 빼앗겨버린 시간. 코끝에 네가 찰랑이며 숨을 타고 들어오자 그제야 겁이 났다. 움직일 리 없는 손발에 힘을 주어도 존재만이 확인당할 뿐 할 수 있는 일이 없었다. 쥐었다 놓은 힘으로 깨달은 것은 무력함뿐이었다. 온 마을에 네 향기가 풍기기를 바라던 불가항력의 음흉함 속에서 호흡은 사라졌다. 순간들은 종일이 되었다. 계절이 지나도록 나를 찾을 수 없었다.

나의 언어를 빼앗긴 채 너를 좇던 날들. 고요하고 분주했던 시선의 증발. 당신의 얕은 호기심에 기어이 나의 오해를 발라 구워낸, 유약하고 나약한 나의 사랑과 시절.

수잔, 커피, 에그샌드위치

기약 없는 준비만 거듭되던 취업 준비 제2기 시절, 뿌듯함보다는 자괴감으로 점철된 하루를 끝내고 새벽 네 시쯤 지쳐서 잠들곤 했다. 달갑지 않은 채로 맞이하는 삼은 곧 자야 할 시간이라는 생각만으로도 고단했다. 할 일은 많은데 해내는 일은 많지 않은, 어쩌다 뭔가 해내더라도 아무런 소득도 약속도 없어서 이러다 나까지 없어지는 기분이 드는 때가 잦았다. 겨우 나를 달래 잠자리에 든 지 세 시간쯤 지났을까. 아침 일곱 시, 친구에게서 메시지와 함께 샌드위치 기프티콘과 유튜브 링크 하나가 도착했다.

　– 밥 잘 챙겨 먹고 있어? 빈속에 커피만 마시지 말고. 이거랑 같이 먹어. 이 노래도 추천!

비몽사몽 메시지를 확인한 순간 떠오른 생각은 '…갑자기?' 서울에 다시 올라오고도 각자 일이 바빠 얼굴 한번 보자는 허울뿐인 약속만 반복하던 중이었다. 별 인사도 없이 갑자기 웬 연락이지. 어리둥절함도 잠시, 졸음이 궁금함을 이기는 바람에 메시지는 까무룩 잊고 다시 잠에 들었다. 네 메시지가 생각난 건 열흘쯤 뒤였다.

대학 졸업을 유예하고 으레 그렇듯 남들처럼 나도 취업 준비를 시작했다. 6개월 남짓의 그 시기를 나는 취업 준비 제1기라고 부르는데, 엄마의 병환으로 인해 지방의 본가로 소환당하면서 첫 취업 준비가 자연스레 끝났기 때문이다. 이런저런 이유로 엄마가 하던 일을 대신 하며 실질적인 생계를 책임지게 됐고 집안 살림에 병간호까지 모두 내 몫이 됐다. 남동생과 아버지의 현재를 지키기 위해, 그리고 엄마의 미래를 보장하기 위해 나는 내가 꿈꾸던 현재와 미래를 기약 없이 미뤄야 했다.

당장 서울에서 내려오라고 내게 호통치던 아버지는 가까운 다른 지역에서 근무 중이었다. 주중엔 회사 근처 사택에서 지내다가 매주 금요일 저녁이면 집으로 왔다. 하루는 조금 늦게 퇴근해 터덜터덜 집에 다다르니 문밖에서부터 그의 숨넘어가는 웃음소리가 들렸다. 행복할 일이라곤 손톱만큼도 없는 와중에 뭐가 저리 즐거운가. 아주 오래된 원망은 매번 새로웠다. 닳지 않는 원망의 날카로운 모서리를 매만지면서 집으로 들어섰다. 텔레비전 속에선 크고 작은 뻔한 남정네들 여럿이 까나리 액젓을 먹고 먹이며 낄낄대는 중이었고 내 아버지도 그들과 함께 폭소하고 있었다. 시청자라기보다 제작자처럼 보였다. 저들의 유머와 개그 코드가 매우 흡족하다는 듯이 뒤로 고개를 젖히고 팔짱을 낀 채 아주 만족스럽게 큰 소리로 웃는 모습. 그가 무엇 하나 숨길 것이 없나는 듯 시원하게 웃는 동안 그의 울대는 위아래로 요동치며 존재감을 뽐냈다.

맞은편 부엌에서는 엄마가 느릿느릿 그러나 쉬지 않고 움직였다. 항암으로 머리가 다 빠진 민머리 위에 해진 두건을 얹어 쓴 채 조심스러운 동작으로 마른 멸치볶음을 찬기에 올리고 있었다. 며칠 전 내가 반찬가게에서 사 온 2,500원짜리 반찬이었다. 사 온 거라 맛이 없을 텐데… 중얼대며 소파 위 웃는 남자를 힐끗 보고는 한숨을 쉬다가 나와 눈이 마주쳤다. 가스레인지 위에선 된장찌개가 끓고 있었다.

3차 항암 주사 투여 후 3일이 지난 뒤였다. 그날 아침 엄마는 보리차 냄새가 역하다며 헛구역질을 했다.

그로부터 1년 6개월쯤 지나 겨우 내 인생을 염

려할 여유가 생겼을 무렵 내가 원했던 건 딱 하나, 집을 떠나는 일이었다. 명백한 도망이었다. 다행히 내게는 취업이라는 그럴싸한 핑계가 있었다. 어떻게든 다른 곳에서 달리 살아보자. 어떻게 하면 잘 도망칠 수 있을까 하는 고민 끝에 나는 외국 항공사의 승무원이 되기로 마음먹었다. 되도록 먼 곳에서 최대한 떠돌며 정 붙일 새도 말 붙일 틈도 없이 살고 싶었다. 가족에겐 여행하며 살고 싶을 뿐이라고 깔깔 웃으며 결정을 통보했다. 포장하는 일이 어려웠던 적은 없었다.

서울의 고모 댁에 신세를 지며 코스당 200만 원짜리 승무원 학원에 다녔다. 고모네 가족은 내게 늘 친절했지만 객식구에게 주어지는 특유의 외로움은 내가 피할 수 있는 것이 아니었다. 한여름, 에어컨 바람이 닿지 않는 서재에 침구를 깔고 밥상을 책상 삼아 그 위에서 노상 영어로 이력서를 쓰고 예상 질문과 답변을 끼적이며 면접을 준비했다.

때때로 낡은 도서관 한 쪽에 앉아 혼자서 자기소개서를 쓰고 면접 예상 문제 아래에 예상 답변 스크립트를 작성했다. 아니 실은 노트북에서 손을 뗀 채 몇 시간 내내 한숨만 쉰 시간이 더 길었다. 분명 뭔가 계속하면서 살았는데 정작 서류에 남길 만한 건 없었다. 경력 사항에 '암환자 간호 2년'을 쓸 수는 없었으니까. 생색내고 싶진 않지만, 사실 그건 꽤 대단한 서비스 정신과 적잖은 희생정신이 요구되는 일인데 말이다. 직군이 원하는 바와 내가 겪은 바가 정확히 일치하는 데도 서류에 적어낼 수 없는 재미있는 모순 틈에서 내가 할 수 있었던 건 '어떻게 하면 작은 경험도 잘 뻥튀기해낼 수 있을까' 하는 고민 뿐이었다.

나는 스물일곱이었고, 학원에선 제법 나이가 많은 축이었고, 이력서 속 타임라인의 구멍도 제법 큰 편이었다.

학원에서는 별의별 것들을 다 수업이라고 일컬었다. 면접을 대비해 평상시에도 항상 솔 톤의 목소리를 유지할 것, 인터뷰 입장 시 걸음은 조신(?)하지만 당당하게(?), 중동 항공사 면접 시 아이섀도는 좀 더 짙고 색감은 화려하게, 유럽 항공사는 스마트한 이미지를 선호하니 깔끔하고 단정한 메이크업을, 머리 뽕 넣는 연습을 휴일에 좀 더 할 것, 아래층 피부과에서 필러 15% 할인 중, 그 아래 성형외과에서 지방흡입과 함께하면 20% 할인….

나를 찾아 도망치려다 나를 아예 지워야 했다. 이번에도 채용이 안 열리면 어떡하나 늘 하던 걱정을 또 하면서 강남 한복판을 걸었다. 밀려드는 사람들 사이에 섞여 걷다 정신을 차려보니 횡단보도 앞. 길 건너

카페로 들어갔다. 커피로 한 끼를 때울 요량이었다.

문득 며칠 전 네가 보낸 메시지가 생각났다. 기프티콘 바코드를 스마트폰 화면에 띄워둔 뒤 카운터로 걸어갔다. 에그 샌드위치 하나랑 아이스 아메리카노 한 잔이요. 기프티콘 쓸 수 있죠? 감사합니다. 쟁반을 들고 좁은 구석 자리에 앉아 한숨을 한 번 쉰 뒤 이어폰을 귀에 꽂았다. 받았던 링크를 눌렀고, 샌드위치 포장을 벗겨 한 입 베어 물었다. 노래가 흘러나왔다. 그제야 노래 제목을 제대로 확인했다.

김사월의 〈수잔〉.

담담한 목소리가 등을 두드렸다. 김사월의 목소리를 들으며 가사를 검색했다.

차가운 에그 샌드위치를 다시 집어 들었다. 샌드위치는 촉촉하고 부드러웠고 달았다. 한쪽에선 홀그레인 소스의 새콤하고도 달달한 맛이 났다. 어금니가 빵과 계란을 차례로 가로질러 불규칙한 곡선을 따라 베어내는 동안, 귀밑 턱에서는 따악 딱 뼈가 어긋난 채 마지못해 맞춰지는 소리가 났다. 턱이 맞물릴 때마다 약간의 두통이 진동의 형태를 하고 울렸다. 이어폰의 테두리가 턱뼈와 만나는 것만 같았다.

그러는 동안 샌드위치는 입안에서 잘도 녹았다. 한 입씩 꾸역꾸역 씹어 삼켰다. 식도를 타고 위벽에 닿자 냉기가 금세 체온에 스며들었다. 조금씩 배가 불러왔다.

　　노래를 빌려 수잔은 자신의 삶을 이야기했다. 이러지도 저러지도 않았던 선택 뒤로 숨겨둔 진심, 온 힘을 다해 숨겨둔 외로움, 그럼에도 불구하고 직면한 초라함 같은 것들. 내가 나로 사는 일은 수잔에게나 나에게나 계속해서 힘든 일이었다. 그게 좀 서글펐다. 다들 이렇게 살아야 하나. 그리고는 위안이 됐다. 다들 이렇게 사는구나. 나 하나로 오롯이 존재하고 싶다가도 타인의 숨과 시를 빌어 잠깐 편안해지는 내가 안쓰러웠다. 그러니까, 더 이상 불쌍하지는 않게 되었다. 노랫말과 네가 보낸 쿠폰 하나로 내 머리를 내가 쓰다듬어 줄 힘을 얻었다. 수고가 많지, 애썼지. 어째서 스스로에게는 인색해지기 이토록 쉬운지 몰라. 그런 생각을 하며 계속 노래를 들었다. 우물우물 씹다 보니 샌드위치는 벌써 절반이나 사라졌다. 달고 부드러운 것을 먹어서인지 노래가 준 위안이 달아서인지 네가 나를 빤히 알고 있다는 사실이 고맙고 부끄러워서인지 자꾸 화면 속 가사를 이리저리 스크롤링하며 흔들었다.

　　노래가 일곱 번째 반복될 때쯤, 네 번호를 찾았다. 커피를 한 모금 마셨다. 더는 속이 쓰리지 않았다. 네게 전화를 걸었다. 그래야 했다.

나의 적당은 늘 최선이었어

잠에 드는 일이 너무 어려운 요즘이야. 해야 할 일이 쌓여서일까 하고 싶은 일이 많아서일까 아니면 그냥, 네가 보고 싶어서일까. 나는 어쩔 수 없이 너에 대해 생각하고 말하고 해석하려 해. 어떤 의지도 없이 숨처럼 시작되는 때가 많아졌어. 이런 걸 두고 세상은 사랑이라 말하겠지만 실은 욕심에 불과한지도 몰라. 나는 나일 뿐이어서 네가 될 수는 없으니까. 매일이 혼란스러워. 그래도 언제나 방향은 정해져 있고 모른 척 등 떠밀리는 대로 걸어가는 일이 내가 할 수 있는 전부야. 의도된 무기력함에 젖어있어. 그래도 이만하면 조금 더 살아봐야겠다고 생각하는 많은 이유들이 가지처럼 뻗어있을 때, 너는 나의 뿌리야.

　　밤의 기운을 빌려 생각을 훑어 내다보면 그래서, 언제나 끝에는 네가 있어. 처음으로 너를 하루 끝에서 떠올리기 시작했을 때 너의 얼굴은 주로 진지하고 약간은 슬펐어. 경미한 우울감이 새삼스럽지 않은 얼굴. 그 때문에 너를 곱씹기 시작한 건지도 몰라. 어디선가 많이 본 얼굴로 내가 늘 해오던 말을 하는 너는 수시로 나의 밤을 차지했어. 어쩐지 곁에서 쭉 위로해주고 싶은 얼굴이었어. 그때 그건 나를 향한 거였나 봐. 지금 내 사랑은 그때와 다른 모양을 하고 있지만. 시작은 그랬어.

밤은 더 이상 어둡지 못했어. 어둠보다 빛을 보며 잠드는 날이 많아졌고 그럴수록 나는 내가 우스웠어. 그래도 멈출 수 없었지. 그즈음 내게 너는 해보다는 달이 어울리는 사람. 들이는 숨소리 사이로 느긋하게 새어나는 말소리, 틈으로 만들어지는 느릿한 박자가 좋았어. 그 박자를 가지고 싶었어. 가지고 싶었던 건 박자였는데 함께하고 싶은 건 너였지. 우리는 우울과 부정을 제각기 다른 언어로 제법 긴 시간을 빌려 늘어놓았어. 그건 각자의 이야기일 때도 있었고 본 적 없는 서로의 지인이 가진 역사이기도 했어.

가끔은 술을 마셨고 좀 더 쉽게 웃을 수 있었어. 나는 내 웃는 얼굴이 싫었지만 어쩔 수 없이 나는 웃고 있었어. 억누르기엔 넘치는 즐거움이었어. 술기운 때문이라고 빨개진 얼굴로 핑계를 댔지만 실은 모두, 네 덕분이었어. 울타리를 부러 조금씩 부러트렸어. 우리는 불행한 이야기를 하면서 일부러 불행을 곱씹었고 지나간 아픔을 축소하려 더러 소리 내어 웃었어. 그게 좋았어. 너와 지나간 불행을 비웃으면 상처 위로 얇게 새 살이 돋는 기분이었어. 기분에 지나지 않았지만, 그걸로 충분했어. 내게 그건 새로운 형태의 일상을 배우는 시간이었어. 시작부터 행복이어야만 행복이라 불러야 하는 줄 알았던, 그래서 제 입으로 행복을 말하는 일에 지독히도 인색했던 삶 위로 차곡차곡 모래가 덮였어. 서로를 보듬는다는 건 이런 거구나, 나는 조금 다른 챕터의 삶을 살게 됐어.

요즘 내가 혼자일 때 떠올리는 너는 늘 웃고 있어. 눈동자가 감길 정도로 즐겁게 웃는 얼굴이 많아. 그건 나를 행복하게 만들기도 하고 가끔은 서글프게도 해. 조금 우울해도 슬퍼도 사소하다 해도 모두 털어놓아 주면 좋을 텐데. 내 미소를 기대하고 혹시 애쓰는 건 아닐까 하는 건방진 걱정도 실은 자주 해. 하지만 그 말을 할 수는 없겠지. 네가 슬프기를 원하는 건 아니니까. 생각보다 말재주가 없는 나는 이 마음을 고스란히 전할 자신이 없어. 전하는 사랑보다 삼키는 말들이 더 많다면 너는 믿어줄까. 소리로 내기엔 벅찬 마음이 되어버려서 이제 더는 자신이 없어. 사랑한다는 말은 너무 지루하지만 가장 확실해서 내가 할 수 있는 말은 고작 그런 것뿐이야.

예의를 위장한 미세한 경계심을 지키기 위해 수만 가지 단어들을 뒤적이고 골라내어 문장을 만드는 시기는, 이제 조금 지났어. 문장은 흐트러지고 각자를 묵혀두는 시간은 줄어들어. 나는 너에게 점점 더 찰나와 순간을 이야기하기 시작해. 다행히도 과거가 되어 준 과거를 안은 채, 아무도 모를 미래는 여전히 모른 채, 우리는 단지 '지금'의 서로를 감각할 거야. 눈을 감고 그걸 상상하면 사실 불안해. 순간 속 나는 아무 형체가 없어. 매일이 결과가 아닌 과정인 나는 수없이 위태로워. 네게 다가서면서도 도망치길 수백 번 반복했어. 그래도 나는 온몸으로 기꺼이 그 모든 것들을 부딪힐 거야. 여전히 행복에 서툴지만 그걸 핑계로 이유로 무기로, 조금의 주저함도 없을 거야. 나의 적당은 늘 최선이었어.

안녕, 나의 여름

비가 쉴 새 없이 내려. 그리고 그제는 무섭도록 더웠지. 가만히 서 있기만 해도 살 그을리는 소리가 들리는 날과 서늘한 비바람이 공기를 메우는 날, 그 모두가 여름이라니. 어떤 것에 처음으로 이름을 붙이는 일은 참 골치 아팠겠구나 하고 자주 생각하는 요즘이야.

네게 여름은 어떤 그림일지 궁금해. 사람들 사이에서 배워온 정의나 설명 말고, 너의 것. 어떤 개념이나 관념을 마주했을 때 머릿속에 떠오르는 첫 번째 그림말이야. 그리고 그 그림 뒤로 따라오는 감각은 어떤 것일까. 궁금해졌어.

누군가 '강아지'를 이야기하면 나는, 빨간 하네스를 찬 하얀 진돗개를 가장 먼저 떠올려. 하천을 산책하며 모든 벤치 아래에 코를 박고 킁킁 냄새를 맡다가 뒤를 돌아보는 까만 눈망울, 그 뒤를 따라가는 초록색 똥 봉투. '꽃'을 쓸 때는 시골집으로 향하는 길목에 피어

있던 개나리와 그걸 보고 "우아" 소리를 내던 조카의 투명하고 뽀얀 볼이 떠오르고. 바다를 들을 땐 제주 협재 포구에 걸터앉아 바라보던 파도와 그 위로 잠기던 해, 일몰이 만들어 낸 빛깔의 치마, 그리고 기분 좋은 비린내가 스민 바람을 생각해.

아무도 가르쳐 주지 않았지만 누구나 알고 있는 여름의 향기. 그 사이를 잘 헤쳐 보면 분명 과일 향내가 진하게 배어있을 거야. 거기에 물에 젖은 흙과 풀잎의 가라앉은 내음이 뒤섞이면 누구라도 어느 때고 여름을 떠올릴걸.

그래서 나는, 여름이 어디쯤 왔을까 궁금하면 과일 트럭을 찾곤 해. 퇴근길 아파트 단지 입구 어느 트럭 앞에 사람들이 옹기종기 모여 재잘대고 있으면 나도 모르게 기웃대게 되거든. 바람이 근처를 스치면 달콤하다가도 새콤한 향내가 뒤섞여 은은하게 코를 스쳐. 삼삼오오 줄은 선 사람들의 얼굴은 어찌나 말갛던지. 땀으로 반질한 얼굴로 싱긋 웃고 있는 모습이 꼭 여름 과일을 닮았지.

수박 만원, 살구 오천 원, 자두는 크기 따라 다르게. 박스를 북 찢어 매직으로 급하게 쓴 가격표가 나는 그렇게 좋더라. 잘 보이잖아. 마트에 가선 목을 쭉 내밀고 과일이랑 눈높이를 맞추면 그제야 가격이 보이

거든. 저 멀리서도 한눈에 보이는 박스 가격표가 어떨
땐 바코드보다 더 멋져 보여. 그 사이에서 가끔 '부루배
리'나 '쩨리' 같은 새로운 친구들도 만날 수 있어.

　　－ 안녕하세요. 복숭아 얼마예요?

　　－ 한 바게쓰 오천 원인데

　　　　두 개 하면 천 원 깎아줄게요.

　　－ 아… 그냥 하나만 주세요.

　　－ 두 개가 더 싼데?

　　－ 많이 안 먹어서요. 큰 알 요걸로 하나 주세요.

　　－ 음 근데 솔직히 얘기하면

　　　　요 옆에 작은 알 오천 원짜리가 더 맛있어.

　　－ 아 그래요?

　　－ 보기보다 엄청 달아요. 나 믿고 한번 사봐요.

　　－ 그럼 그걸로 하나 주세요.

　　　　혹시 계좌이체 될까요?

　　－ 그럼요, 아이고 고맙습니다.

　　－ 안녕히 계세요.

　　－ 그래요, 조심히 가세요잉.

　생각보다 묵직한 까만 봉지를 힘주어 오른손에
들고 따가운 햇볕을 목 뒤로 받아내며 걷다가 문득 봉

지를 열어보면, 복숭아 사이로 고개를 내민 살구 몇 알이 보여. 오늘 장사가 잘돼서 기분이 좋으셨을까? 아무튼 그래서 묵직했나봐. 행복의 무게지. 방금 트럭 앞에서 마주쳤던 사람들의 얼굴을 하며 나도 싱긋 웃어. 집으로 걷는 길이 어쩌 조금 시원해진 기분이기도 하고.

　　무거운 가방을 바닥이 울리게 툭 내려놓고 싱크대로 향해. 손을 뻗어 복숭아 한 알, 살구 한 알을 꺼내 뽀득뽀득 마음에 찰 때까지 손바닥으로 문질러. 먼지한 톨 남아 있지 않을 거라는 안도감이 들 때까지. 뽀득. 뽀드득. 물기를 대충 훑어내고 좋아하는 까만 접시에 과일을 올린 채 베란다로 향해. 날은 뜨겁고 뒷산의 나무는 바람을 따라 휘청이며 볕과 함께 반짝여. 그냥 그 자리에 가만히 주저앉아 나뭇가지를 바라보는 게 좋아. 그걸 바라보다 보면 아무 생각이 없어지기도, 너무 많은 생각에 잠식되기도 해. 이래도 저래도 그 자리에 앉아 있는 걸 좋아해. 차가운 타일에 엉덩이가 닿자 베란다 아래로 아이들이 조잘대는 소리가 들려. 건너편에 보이는 작은 놀이터에 널브러진 자전거와 킥보드가 가만히 제 주인을 기다리고 있어. 그걸 바라보다 다시 복숭아로 시선을 옮겨.

　　한 입 베어 물자마자 알았어. 천도복숭아. 제 이름값을 하는 과일이구나. 급히 삼키지 말고 꼭꼭 씹어 먹어야지. 입 안 가득 즙을 퍼트렸다가 잠깐 기다려야지. 혀뿌리부터 앞니 뒤까지 향이 가득 차서 입천장과 코를 타고 올라가 눈이 찡긋 감기면 그때야 삼켜야지. 다짐하면서 한 입 더 베어 물었어.

*

어금니 뿌리가 시큰하기도 코끝이 달큰하기도 한 여름날들을 잘 버텨야지. 할 수만 있다면 즐겨야지. 그런 생각을 했어. 처음 맛본 여름 앞에서. 그러는 동안 내 곁에는 네가 있었으면 좋겠어. 늘 그랬듯, 별일 아닌 듯. 특별할 것 없이, 언제나처럼 뜻 없는 핀잔을 나누면서.

했던 이야기를 또 나누면서. 우리 함께 복숭아를 베어 물자. 천도복숭아도 좋고 하얀 털 복숭아도 좋아. 다 괜찮아. 나는 딱딱한 복숭아를 좋아하지만 이번 여름만큼은 너에게 취향을 양보할게. 무섭게 무더운 날에도 또 비가 쏟아지는 날에도 베란다 창문을 활짝 열어놓고 우리, 함께, 가만하거나 휘청대는 나무를 바라보자. 입은 듯 만듯한 얇은 잠옷을 훌렁 걸쳐 입고 침대에 다리를 올리고 바닥에 털썩 드러누운 채 음악을 들으며 과일을 먹자. 떠들다 지치면 까슬한 이불을 덮고 까무룩 잠에 들자. 그리고 그걸 우리의 여름이라 부르기로 해. 세기도 귀찮을 만큼 수많은 여름을 보내는 동안 그 모든 게 당연해질 때까지 그런 일들을 함께하자. 앞으로의 내 여름은 이런 그림일 거야.

변하는 것도 변하지 않는 것도 그저 내버려 둔 채 우리는 우리였다가 각자이기도 하면서 알 수 없는 세월을 모른 척 흘려보내자. 지겨운 일상을 지겹도록 지겨워하고, 특별한 큰일은 어디 한 번 호들갑을 떨어보자. 어떤 새벽엔 지치도록 서로를 찾다가 다음 오후엔 없었던 것처럼 멀어지고 싶더라도, 우리 그걸 당연하게 여기자.

그때까지, 함께하자. 살아보자.

오래도록 우리는

서로의 여름 속에 살자.

돌아오는 새벽은 아무런 답이 아니다

초판 1쇄	2021년 1월 25일
9쇄	2024년 8월 31일
지은이	진서하
편집·디자인	희석
펴낸곳	발코니
발행인	안희석
전자우편	heehee@balconybook.com
인스타그램	@balcony_book
제작처	DSP(https://www.dsphome.com)
ISBN	979-11-973236-0-7 (03810)
값	12,900원